「お前は何もかもが違う。これが運命ってやつか?」
「あなたは獣人の王で、俺は人間なのに」
illustration by MONET ITO

獣《じゅう》王《おう》アルファと愛《あい》人《じん》オメガの蜜《みっ》会《かい》巣《す》ごもり

西野 花
HANA NISHINO

イラスト
伊藤モネ
MONET ITO

Lovers Label

CONTENTS

獣人《じゅうじん》の王である『朱雀《すざく》』の化身《けしん》、蓮朱孝造《れんじゅこうぞう》の葬儀《そうぎ》はその日、しめやかに、だが圧倒的規模《きぼ》をもって行われた。

都内にある巨大《きょだい》な斎場《さいじょう》には弔問客《ちょうもんきゃく》が続々と訪《おとず》れている。その中には政財界の著名人《ちょめいじん》や、芸能人の姿もあった。

「この度は、ご愁傷様《しゅうしょうさま》でございます」

「突然のご不幸に際し、なんと申しましたらよいのか」

定型の悔《く》やみの言葉に、蓮朱尊《れんじゅたける》もまた神妙《しんみょう》な表情を作って頭を下げる。

亡くなったのは今年七十二歳になった尊の父親だ。いくつもの企業を経営し、この国の経済を支えてきた。既《すで》に隠居《いんきょ》はしていたが、未《いま》だに各方面に影響力《えいきょうりょく》を持っていた。

尊は三十一歳とまだ若いが、父親から既に事業の中核《ちゅうかく》は引き継いでいる。尊は孝造の正妻《せいさい》のただ一人の息子だった。妻《つま》以外にも幾人《いくにん》も愛人を作っていた父である。夫婦間は冷え切ってはいたが、その母も数年前に病気で他界している。母は珍《めずら》しいとされる狐《きつね》の獣人だった。

尊は獣人の王である『朱雀』と、エリート種とされるアルファのハイブリッドだった。今日のこの日に喪主《もしゅ》として、ここに立つことに文句を言う者は誰もいない。

尊は獣人の王の血筋《ちすじ》かつ、アルファという性質に、見た目からふさわしい男だった。長身と鍛《きた》え抜かれた均整のとれた筋肉を持ち、モデルかと思うほどの端整《たんせい》な顔立ち。だが尊が他人と違うのは、瞳《ひとみ》の奥に鋭《するど》さを隠《かく》し持っていることだった。無造作《むぞうさ》に後ろにかき上げているやや長めの髪は赤褐色《せきかっしょく》で、それは朱雀の獣人特有の色だった。

「孝造さんも逝《い》くにはやや早かったが、立派な跡取りがいるし、何も心配はないだろう」

「とんでもありません。まだ若輩《じゃくはい》もの故《ゆえ》、ご指導ご鞭撻《べんたつ》のほど、よろしくお願いいたします」

尊は協力会社の会長に如才《じょさい》ない様子で答えた。

だが実の父の訃報《ふほう》に対し、尊が実際に悲しみを覚えているかというのは、それはまた別の話である。

尊には父との親子としての記憶がほとんどない。尊に幼い頃から帝王学《ていおうがく》を学ばせはしたものの、生活の基盤《きばん》が重なることはついぞなかった。尊が幼い頃から、見る度に違う美女を連れていた。だが、尊の母親がそれに対し恨《うら》み言《ごと》を言っていたことは一度もない。もっとも、尊がいない時に、誰かに漏《も》らしていたのかもしれないが。

（おふくろは、最後まで気高い正妻の地位を守り通したってことか）

今頃は、あの世でどんな会話をしていることだろう。そもそも父が母と一緒のところにいけたかはわからないが。

そんなふうに思って、尊は自分がやや感傷的《かんしょうてき》になっていることに気づき、思わず苦笑した。

弔問客の流れが途絶《とだ》え、控《ひか》え室での休憩《きゅうけい》を終えて、また斎場に戻ろうとした時だった。窓の外にふと目をやった時、雨が降り出したことに気づく。

(涙雨《なみだあめ》なんて親父の柄《がら》じゃないだろうに)

尊は父親の冷徹《れいてつ》で酷薄《こくはく》な一面を知っていた。別に恨んではいないが、正妻を顧《かえり》みず、愛人をとっかえひっかえし、またライバル企業に対しての容赦《ようしゃ》のないやり方を知っている。尊は孝造を父親というよりは、上司のように思っていた。尊とて清廉潔白《せいれんけっぱく》に生きているわけではない。派手《はで》に遊んだ時期もあったし、ビジネス上では厳《きび》しい対応をしなければならない時もある。違法すれすれのこともやった。上司のようだ、と言ったが、そんな時は、自分はやはりあの男の血を引いているのだと嚙《か》みしめることが多々あった。

だが死んでしまえば、これ以上誰かを傷つけることもない。孝造の直接の死因は心不全ということだったが、腹上死だったのではという、もっともらしい噂《うわさ》もある。だがもう孝造はこの世にはいないのだから、どうでもいいことだ。

しとしとと降る雨の中で、尊の目にある人影《ひとかげ》が映った。

喪服《もふく》を着た男だ。まだ年若い。細い体軀《たいく》が黒い衣服の上からでも見て取れた。距離があるので尊は目を凝《こ》らした。朱雀の獣人である尊は、人の姿の時もその気になれば、かなり遠くまで見ることができる。

――何をしているんだ?

青年は傘《かさ》も差さず、空を見上げていた。雨に濡《ぬ》れるのも構わず、ただ動かず、じっと。

(幽霊《ゆうれい》……？　馬鹿な)

そんなことを思うくらい、青年の佇《たたず》まいは現実離れしていた。尊は思わず足を止め、その姿にじっと見入る。喪服を着ているのだから弔問客なのだろう。いったいどこの関係者なのだろうか。

ふと青年がこちらに顔を向けて尊を見た。その白い顔はひどく整《ととの》っていて美しい。目が合った瞬間、尊の心臓が大きく脈《みゃく》打つ。

「……っ？」

「尊様」

その時、声をかけられて尊はそちらに視線を向けた。部下のひとりが尊を呼びに来たようだ。

「三笠野《みかさの》物産の社長が弔問にいらしてます」

「わかった。すぐに行く」

尊はその瞬間に現実に引き戻された。立ち去る間際《まぎわ》に再び窓の外に目を向ける。

だが青年の姿はもうそこにはなかった。

この世界では『人間』と、そして『獣人』が社会を支配していた。ヒトと名のつく種族の者には、バースというものが存在する。『アルファ』『ベータ』『オメガ』の三つだ。

『アルファ』は容姿と能力ともに優れており、社会の表舞台で活躍することが多い。だがその数は相対的に少なかった。

『ベータ』はごく一般的な存在で突出した者が少なく、数が一番多い。

そして『オメガ』は、『アルファ』よりも稀少《きしょう》な存在だが、男女共に子を孕《はら》むことができ、発情期がある。そして彼らが発するフェロモンはアルファを惑《まど》わせ、時にその理性を失わせてしまう。それ故にアルファが牛耳《ぎゅうじ》る社会においては、社会活動をやや抑《おさ》えられる傾向にあった。また、理不尽《りふじん》な差別を受けることもままある。オメガは全体的に美しい容姿を持ち、フェロモンの存在がなくとも人の劣情《れつじょう》を煽《あお》ってしまう場合もあった。

そしてアルファとオメガは番《つが》う。互いのフェロモンに惹《ひ》かれ、アルファがオメガの首筋《くびすじ》を噛むことで番《つがい》が成立するのだ。

そして人間とは別の存在が『獣人』である。彼らが人間社会に現れたのは戦後になってからで、社会の混乱期に人間を手助けする形で関《かか》わっていった。

それぞれの獣《けもの》の種類は名前に記される。獣人は人としての姿の他に、獣身《じゅうしん》を持っており、本来の獣の姿になれるが、普段は人間の姿で生活していた。だがその特徴《とくちょう》として、獣の耳が頭部にある。それはよく見るとわかる、という程度になっていたが、獣人は人間よりも体力や運動能力に秀《ひい》でていた。

獣人のアルファ。それがこの世界において、最も優れた存在だと言える。

そして尊はその獣人の王だった。


「おつかれさまでした」

「ああ」

告別式が終わり、尊は秘書の運転する車の中にいた。肉体的な疲《つか》れはないが、やや気疲れはした。葬儀というのは人間の習慣だ。獣人にはない。だが人間社会の中で暮らしている以上、合わせたほうがいいことも多々ある。特に社会的に影響力《えいきょうりょく》のある者は。

後部座席で足を組み、尊は流れていく外の景色を眺《なが》める。雨はもう上がっていた。

あれは誰だったのだろう。

尊は告別式の最中に見かけた青年のことを思い返していた。

会社関係の一人だろうか。名前も知らない以上は探しようがないか。

そこまで考えて、自分が彼のことを探すつもりだったことに気づいて苦笑する。確かに見てくれはよかったが、そこまで気になるほどのことか。

「――――時に尊様。お父様の遺言《ゆいごん》を預《あず》かっております」

「遺言？」

尊の秘書は山羊沼《やぎぬま》という男で、山羊の獣人だ。

「遺言状《ゆいごんじょう》はこの間、開封《かいふう》しただろう。弁護士《べんごし》と一緒に」

会社などは生前贈与《ぞうよ》が終わっていたので、今回、尊が相続したのは孝造が個人的に所有していた株式や現金の類《たぐい》だった。

「それとは別に、個人的に預かっている物があります」

尊は眉《まゆ》を顰《ひそ》めた。

「面倒くさそうな匂《にお》いがするな」

「ある意味、そうかもしれません。けれど、ぜひとも尊様に相続していただきたいと、お父様からの希望です」

「相続？　物か権利か？」

「そうですね……」

山羊沼は一呼吸《ひとこきゅう》置いた。

「鎌倉《かまくら》の屋敷《やしき》と、それから人――――、オメガです」

尊は一瞬言葉を失った。もちろん、後者の内容にだ。

この家にも久しぶりに来たな。

孝造の私邸《してい》は鎌倉の住宅地の山の上にあった。車がなければむしろ不便なところである。

葬儀の日から一ヶ月後、尊は自分で運転してきた車を駐車場《ちゅうしゃじょう》に停《と》め、玄関までやたら距離のある庭に足を踏み入れた。一度立ち止まって孝造が住んでいた邸宅を眺める。

この家には子供の頃、一時期住んでいたことがある。やたら広くて静かで、尊には退屈《たいくつ》なばかりだった。

屋敷の中はある場所から奥へは立ち入り禁止となっていて、そこから先へは尊も、尊の母親も入ることはできなかった。なんのことはない。そこは孝造とその愛人達が住まう区画《くかく》だったのだ。家の者は『奥の間』と呼んでいたのを覚えている。

玄関に辿《たど》り着くと、中から父の秘書が出てきた。

「尊様、ようこそいらっしゃいました」

「よう。葬儀の時は世話になったな」

「とんでもございません。あれが私の最後の仕事でしたから」

犬山《いぬやま》という男は六十代だったが、父が亡くなるまで秘書を務めていた。その名の通り犬の獣人だが、忠義《ちゅうぎ》に篤《あつ》く、口も堅《かた》い男だった。

「お前、この後はどうするんだ」

「田舎《いなか》に帰り、余生《よせい》を過ごします。……ああ、先ほどの言葉は間違いでした。本日、尊様にこの屋敷と、そして先代様からの遺産《いさん》を引き渡す。これが本当に最後の仕事です」

「……人間だと聞いたが」

「左様でございます」

尊は長い廊下《ろうか》を犬山の後について歩いて行った。屋敷は古い日本家屋だが、丁寧《ていねい》に維持《いじ》されている。だが光の届かないところが多く、尊はそんな陰気《いんき》さが好きではなかった。

「そんなものを俺に相続させる？　親父はいったい何を考えているんだ？」

犬山は答えなかった。

尊がここに住んでいた時、ついぞ開けたことのなかった扉《とびら》の前に立ち、鍵《かぎ》を差し出してくる。真鍮《しんちゅう》の古めかしい鍵だった。

「どうぞ」

「お前は来ないのか」

「ここから先に入れるのは、この家の主人だけです」

尊は鍵を受け取り、それを鍵穴に差し込んだ。カチリ、と内部で手応《てごた》えがして、錠《じょう》の外《はず》れる気配がする。扉を開けた先にはまた廊下が続いていた。

「尊様」

足を踏み入れようとした尊の背後から犬山が声をかける。

「どうか、よろしくお願いいたします」

深々と頭を下げる犬山に対し、尊はなんと返事をすればいいのか、わからなかった。


廊下の先はひとつの独立《どくりつ》した区画になっているらしかった。水回りや炊事場《すいじば》も見受けられる。

父が相続させたがっている人間というのがここにいるのだろうか。

尊は一番奥の部屋に向かった。どうしてだか、そこに足が向かったのだ。

襖《ふすま》の前に立ち、一気に開ける。その中に人がいた。

「――――」

畳の上に男が座っていた。彼は尊が来るのをわかっていたようにこちらに顔を向けている。

「お前は……」

尊は気づかれないよう息を呑《の》んだ。

あの時の彼だ。

父の告別式の時、斎場で一人雨に濡れ、空を見上げていた青年。

その時とは違い、彼は着物を着ていた。すっきりとした紺色《こんいろ》の袷《あわせ》に銀鼠色《ぎんねずいろ》の帯。一見するとシンプルな装《よそお》いだが、それが高価なものであることは見て取れる。そしてそれは、彼の秀麗《しゅうれい》な容姿《ようし》をひどく際立《きわだ》たせていた。

彼は尊を見上げると、こちらに向き直って居住まいを正す。そして優美な仕草《しぐさ》で畳《たたみ》に三つ指をついた。

「乃木暦《のぎこよみ》と申します」

彼は――――暦は、深々と頭を下げて名乗った。

「旦那《だんな》様には、ずっとお世話になっておりました」

折《お》り目《め》正しい動作で挨拶《あいさつ》した暦は、頭を下げた時と同じくらい、たおやかな仕草で顔を上げる。

暦は楚々《そそ》として見えるが、どこか危うい、滴《したた》るような色香を秘《ひ》めているようにも見えた。底が知れない。こんな存在に夢中になっていたら、それは命も縮《ちぢ》めるだろう。腹上死というのもあながち嘘《うそ》ではないような気がした。ということは、こいつが父を死に追いやったのかもしれないのだ。

「俺は尊という。孝造の息子だ」

「存じております」

「その様子だと、俺がどうしてここに来たのかもわかっているようだな」

「はい」

暦の顔には何の表情も浮かんではいない。

「お前は俺に相続される。それがどういうことなのか、わかっているのか」

「はい」

同じ返答が二度来る。

「異論はないというわけか」

「それが旦那様の望みでしたから」

しれっと言う彼に、尊はわけもなく苛立《いらだ》ちを覚えた。気にいらない、という衝動《しょうどう》にまかせ、顎《あご》を摑《つか》んで上向かせても抵抗せずに身を任せている。

「親父にそうしたように、俺にも抱かれるというのか」

「俺はオメガです」

至近距離に顔を近づけたままで唐突《とうとつ》に暦が言った。

「旦那様は俺を番にしてくださいませんでした。俺にはアルファが必要です」

「――――……」

そういうことか、と悟《さと》った。

孝造は正妻である母と番の契《ちぎ》りを交わした。父には多数の愛人がいたが、父と番になったものはいないと言われている。世帯主であるアルファが亡くなった場合、相続の場において、時に実子よりも番の権利が重く見られる場合があった。孝造は相続争いを嫌い、愛人の誰も番にはしなかったのだろう。

目の前の一番のお気に入りだっただろう、この青年においても同じらしかった。

「抑制剤《よくせいざい》は？」

「いただいております。旦那様はいつ来られるかわからなかったので」

「お前のような番のいないオメガが、外に出たら大変なことになるだろうな」

尊にも感じられた。花のような、煮詰《につ》めた蜜《みつ》のような甘い匂い。これが彼のフェロモンなのだろう。今は抑制剤を飲んでいるので、この程度で済《す》んでいるのだ。

だが、尊はオメガフェロモンに耐性《たいせい》がある。獣人の王である尊にとって、人間のフェロモンなど、さほど脅威《きょうい》ではなかった。

（どういうわけだ？）

こんなことは初めてだった。

目の前にいるのはただの人間のオメガである。それなのに、立ちのぼる香りが尊をゆっくりとかき立てていった。

尊の体内からじわじわと情欲が込み上げてくる。今すぐこの男を組み敷《し》き、着物を剝《は》いでむしゃぶりつきたい――――。

だがその衝動を、尊は強靱《きょうじん》な意志で抑え込んだ。

「いいだろう。お前を愛人にしてやる」

尊がそう言うと、暦は力なく目を伏《ふ》せた。どこか諦念《ていねん》が潜《ひそ》んだ表情が面白くない。尊は暦の顎を強く摑むと、乱暴《らんぼう》に唇《くちびる》を吸《す》った。

暦は中学に上がる時には、もうたった独《ひと》りだった。ある日、両親がどこかへ行ってしまい、呆然《ぼうぜん》としていたら国の機関の人間がやってきて施設《しせつ》に入れられた。機関の人間は「よくあることだよ」と事務的に暦に告げた。オメガの子は育てにくい。それだけならまだしも、フェロモンによってアルファを誘惑《ゆうわく》してしまい、『事故』を起こしてしまうことがある。その場合はオメガの有責《ゆうせき》とされてしまうのだ。また定期的に訪れる発情期も親にとっては負担になった。オメガから生まれたオメガならば、番はアルファであるので社会的、経済的に恵まれており、対《たい》処《しょ》も容易《ようい》だが、ベータの夫婦の間に突然生まれてきたオメガは、大抵の場合は不幸な人生を送る。政府はそれをどうにかしようと、親から放棄《ほうき》されたオメガの子を集めた施設を国内に設置した。もともとが数の少ないオメガであるので、施設の数は片手で足りた。

「俺はどうしてここに入れられたのですか」

学校を転校させられ、突然、知らない場所に連れてこられた暦は施設の人間に尋ねる。

「君のような、まだ番のいないオメガがふらふらしていると、君にとってもアルファにとってもよくないからね」

それを聞いた時、自分はそんなに害《がい》を為《な》す存在なのかと思った。だから両親に捨てられたのだろうか。

施設は山の中にあった。まるで自分達オメガを人の目から隠すように。そこには常時十五人ほどのオメガがいて、授業を受けたり、農作業などをして生活していた。新しい生活は時に退屈でもあったが、人の目を気にしなくていいというのは気が楽だった。

何年かをそこで過ごし、暦は十八歳になっていたが、まだ施設を出ることはできなかった。番がいないからだ。だがここにはアルファはいない。そのため、適齢期《てきれいき》になったオメガは東京で見合いをする。そこで番を見つけ、社会復帰するという仕組みらしい。

薬はきちんと支給されていたので、暦はそれほどヒートに苦しむということはなかった。ただ、それでもつらい時はあって、そんな時は一人で部屋に籠《こ》もることになる。周りのオメガ達はそれを隔離《かくり》部屋と呼んでいた。誰かがそこにいる時、近くを通ると色めいた声が聞こえてくる時がある。自分もそんな声を出しているのだろうか。そう思うと自分自身に嫌悪感《けんおかん》を覚えた。本能《ほんのう》はどうしようもない。それなのに、お前達は厄介《やっかい》な存在だという目で見られる。そして暦自身もそう思っていた。オメガなんかに生まれてきた自分が悪いのだと。

いつか、この本能を認めてあげられる日が来るのだろうか。

その時は、どんな番が傍《かたわ》らにいるのだろう。

ある日、暦は山菜を採《と》りに行ってきて欲しいと頼まれて山に入った。

もう何度も入った山で、慣れた道だった。山菜のよく採れるポイントはいくつかあって、山の上のほうが最も採れる。暦が籠《かご》を手に山道を登っていくと、ふと違和感を覚えた。

(なんだろう)

言葉にできない、いつもと違う感じ。それは妙《みょう》な胸騒《むなさわ》ぎとなって暦の身体に纏《まと》わり付いてくる。まるで、どこかから見られているかのような。

(この辺りには熊《くま》はいないって聞いたけれど)

でも確実というわけではない。暦は足早に目指すポイントに急いだ。早く採るものを採って帰ろう。

目的地に着くと、暦は効率的に山菜を採集《さいしゅう》していく。一時間弱ほどで持って来た籠の中はいっぱいになった。

(帰ろう)

立ち上がり、山を下ろうとする。すると目の前の茂《しげ》みから、がさがさという音がした。暦はぎくりとして立ち止まる。

身を固くして前を見つめると、そこから出てきたのは五人ほどの知らない男達だった。

「――誰ですか」

男達は答えない。無言で距離を詰《つ》めてくる。暦は反射的に踵《きびす》を返し、逃げようとした。斜面《しゃめん》を駆《か》け上がる暦に男達が追いついてくる。腕を摑まれ、振り払《はら》おうとして籠を落とした。

「離せ！」

思わず振り上げた手が男の顎を強打する。短い呻《うめ》きが聞こえた。

「このっ！」

次の瞬間、頰《ほお》に熱い衝撃《しょうげき》が走る。殴《なぐ》られたのだ、と気づいた時、暦は地面に倒れていた。

「おい、傷をつけるな。上からどやされるぞ」

「すんません」

暦は男達に手脚を押さえつけられる。いったい何が起こっているのか。ただ尋常《じんじょう》ではない恐《きょう》怖《ふ》にひたすら抵抗した。

「大人しくしろ。また殴られたいのか」

「薬を使え」

さっきの男が指示をして、その中の一人が布に何かの薬を染みこませるところを見た。

あれを使われたら、まずい気がする。

必死で抵抗するも、複数の男に上から押さえつけられてはどうにもならなかった。

「じゃあな。おやすみ」

「うう、ぐっ……！」

鼻と口を覆《おお》うように布を当てられる。刺激臭《しげきしゅう》がしたと思うと、頭の奥から急速に霞《かす》みがかってきた。どこか暗いところに落ちていくように目の前が暗くなり、暦は意識を失ってしまった。

次に目が覚めたところは、知らない場所だった。

殺風景《さっぷうけい》な部屋はどこかの団地《だんち》かマンションのようにも見える。

「うっ……」

頭の隅《すみ》に残る鈍《にぶ》い不快感《ふかいかん》。おそらく使われた薬のせいだろう。

「なんだ、気がついてたか」

その時、部屋のドアが開けられて男が入ってきた。あの中のリーダー格の男だ。彼は暦をじろじろと眺め回すと満足げに笑う。

「久々の上物だ。値が張りそうでよかったよ。儲《もう》けさせてくれてありがとうよ」

「ここはどこなんですか。あなたは誰だ」

男はちょっと笑うと、もったいぶったように答えた。

「俺達は仲買人《なかがいにん》みたいなもんだな。オメガの」

「オメガの……？」

「オメガはエロいってんで、海外の富豪《ふごう》なんかは好んで飼いたがるんだ。そう悪いことでもないぜ。いい暮らしができる。まああれだ。お前もセックスは嫌いじゃないだろ？　オメガだしな」

暦は衝撃を受けた。では自分は、海外へと売られてしまうのか。

「聞いた話じゃ、薬でヒートを誘発《ゆうはつ》して、朝から晩までセックス三昧《ざんまい》ってこともあるらしい。頭ん中バカになっちまった奴もいるらしいが、まあ運が良ければ大事にしてもらえるってよ」

「……っ」

他人事《ひとごと》のように告げる男の言葉に、暦はわなわなと震《ふる》えた。絶望《ぜつぼう》に目の前が霞む。

「どうして……」

「ん？」

「どうして俺達がそんな目に遭《あ》わないといけないんだ！　何も悪いことしていないのに。ただオメガに生まれただけで……っ」

「お前達はただ存在するだけで脅威《きょうい》なんだと。アルファの方々のな」

感情にまかせて声を荒《あら》げた暦だったが、男の言葉に思わず息を呑んだ。

「そのフェロモンがな、惑わせちまうんだと。賢《かしこ》いおつむを持つアルファの旦那方をな」

「そんなのは」

「そういうふうに生まれついちまってんだよ。諦《あきら》めな。……ところで、お前は人間だよな？」

「え？」

「獣人とかじゃねえよな。耳と尻尾《しっぽ》の跡《あと》もなかったし」

「……人間だよ」

「獣人のアルファに飼われちまった場合はな、大変らしいぜ。三ヶ月と保《も》たねえとか」

獣人と人間の体力は違う。獣の力を持つ彼らに人間のオメガが抱かれ続けると、ぼろぼろになっちまう、と男は言った。

「番にしてもらえりゃ別だけどな。奴隷《どれい》相手にそんな気になる奴なんかまずいないだろ。まあ、自分の幸運を祈《いの》っとけ」

明日、ここから船で運ばれる、と告げて男は出て行った。残された暦はシーツを摑み、一人わなわなと震える。

――何故《なぜ》、こんなことに。

逃げないと。

暦はベッドから降りようとした。だが足が縺《もつ》れて床に倒れ込んでしまう。

「あっ…、つっ！」

まだ薬が残っているようで、うまく身体が動かない。おまけに今ので足もくじいてしまったようだった。痛みをこらえてドアまで辿り着く。把手《とって》を握《にぎ》っても案《あん》の定《じょう》動かなかった。外から鍵がかかっている。部屋には窓《まど》もない。

暦は力を失ってベッドに座り込んだ。

明日、船に乗せられて、玩具《おもちゃ》にされてしまう。壊れるまで遊ばれる玩具に。

いったいこの先どうなってしまうのだろう。

待ち受ける恐怖と不安に、暦はどうにかして立ち向かおうとした。

（まだすべて終わりじゃない）

船に乗るまで――たとえ船に乗っても、海に飛び込んで逃げる。

ただオメガというだけで、ここまで理不尽《りふじん》な目に遭うのは納得できなかった。どこまでできるのかわからないが、死ぬほどの辱《はずかし》めを受けるよりはまだマシなのではないかと思う。

そう決めた暦はベッドに横たわり、少しでも体力を蓄《たくわ》えようと、眠れないのを承知《しょうち》で瞼《まぶた》を閉じた。


翌日、暦は部屋に入ってきた男達によって手錠《てじょう》をかけられた。

「船に乗ったら外してやる」

背中を小突《こづ》かれるようにして部屋から出され、建物に横付けにされた車に乗せられた。どうやら小さな古いマンションに監禁《かんきん》されていたらしい。

車に乗るとすぐに海が見えた。港にそう大きくない船が停まっている。車が横付けにされると、船から何人かの男達が降りてきた。話している言葉が日本語じゃない。暦には何を言っているのかさっぱりだった。

「じゃあな」

昨日、部屋に入ってきた男が暦の背中を叩《たた》く。外国人の男の手が手錠にかかった。

その時だった。

一台の車がもの凄《すご》いスピードで走ってきて停まったかと思うと、中からばらばらと男達が飛び出してくる。全員手に銃《じゅう》を持っていた。白と黒の車。警察《けいさつ》だ。

「動くな！」

そう告げられて暦の周りにいた男達は動揺《どうよう》し、うち一人が同じく銃を出す。するとパン、と乾《かわ》いた音がして、すぐ側にいた男が倒れて海に落ちた。

暦は言葉を失って立ち尽《つ》くす。銃を見るのも、人が撃《う》たれたところを見るのも初めてだった。

すると、もう一台の車が静かにやってきて停まる。黒塗《くろぬ》りの高級車だ。中からスーツを着た男が降りてきて、後部座席のドアを恭《うやうや》しく開けた。

車内から一人の男が降りてくる。

「――――抵抗するとためにならんぞ」

年配の男だった。六十過ぎぐらいだろうか。暦はその男を見て目を見張った。

（──違う）

その男は、他の者とは明らかに違っていた。

覇気《はき》、というものだろうか。ただそこに静かに立っているだけなのに、並々《なみなみ》ならぬ威圧感《いあつかん》を放っていた。

「この国からオメガを連れて外国で売りさばくとはな。舐《な》められたものだ」

「全員船から降りて、そこへ並べ！」

警官の指示に男達は渋々《しぶしぶ》と従った。制服姿の警官が暦の側にやってきて、手錠をガチャリと外す。

「大丈夫ですか」

「あ、ありがとうございます」

助かったのだ。暦は安堵《あんど》から身体の力が抜けそうになった。

「お話を聞かせてもらってもいいですか？」

「はい……」

暦は警官達に連れられ、事情聴取《じじょうちょうしゅ》のために警察署《けいさつしょ》に連れて行かれた。取調室では様々なことを聞かれ、暦がオメガであるということに話が及《およ》ぶと奇異《きい》の目で見られた。あからさまに言葉にされなくとも、これまでさんざん向けられた眼差《まなざ》しだ。

警察署を出て施設に戻ろうとした時だった。門の前に一台の車が停まっていて、運転席から男が出てくる。

「どうぞ、お乗り下さい」

「いえ、でも」

「旦那様がお待ちです」

車の中を見ると、先ほどの老人が後部座席にいた。仕立ての良さそうなスーツを身につけていて、隠しきれない覇気を纏《まと》っている男だ。

暦はその男に興味を持った。知らない男の車に乗るのはためらいがあったが、助けてくれたのだし、悪いことはされないだろう。そう思って開けられたドアの中に滑《すべ》り込んだ。ドアが閉まり、行き先も聞かれないままに車が発進する。

「――――先ほどはありがとうございました」

「構わんよ」

「もうご存じかもしれませんが、乃木暦といいます。お名前を伺《うかが》っても……？」

「蓮朱孝造だ」

珍《めずら》しい名字だと思った。髪の色が暗い赤褐色で、染めているのでなければ、おそらく獣人だろう。そしてアルファだ。

「アルファの方……ですよね。俺といて、大丈夫ですか」

こんな密室で番のいないオメガといたら、まずいのではないだろうか。この男がなんらかの対策――――オメガフェロモンに対抗する薬を服用しているなど――――を打っていることを願った。

孝造は暦の言葉に、クッと笑う。

「確かに甘い香りがするな。だが大丈夫だ。儂《わし》はオメガフェロモンには耐性がある」

そんな人もいるのか、と瞠目《どうもく》した。運転席の男が口を開く。

「旦那様は朱雀の獣人、獣人王です」

「え……？」

暦は耳を疑った。アルファというだけでなく、獣人、しかも獣人の王だという。人間のオメガである暦にとっては、一生出会えるかわからないような存在だ。

「よせよせ。もう隠居《いんきょ》の身だ。今回は縄張《なわば》りの掃除《そうじ》に出張ってきたに過ぎん。王の力も、もうほとんど息子に移っている」

獣人と人間は既《すで》に共存の道を歩き始めているが、暦は獣人と会ったことがない。もっとも彼らは普段は人間の姿で生活しているので、それと意識したことがないのだ。

「朱雀……は、空想の生き物なのだと思っていました」

「人間の間ではそうだな。だがそれは半分正しく、半分違う」

朱雀は確かに存在する。大陸では四神のひとつで、燃えるような赤い羽根《はね》を持つ霊鳥《れいちょう》だ。だが少なくとも人間の世界では、そのような生き物は存在しない。

「朱雀は確かに存在する。だが獣人が人間と共存すると決めた時に、朱雀は本来の姿を捨ててしまった」

獣人は自分の根幹《こんかん》となる獣の姿にいつでも戻ることができるが、朱雀はできなくなってしまったというのだ。

「どのみち、人間と共存しなければ獣人の行く末も期待はできなかった。その代償《だいしょう》としてならやむを得まい」

「旦那様」

運転手の男が咎《とが》めるように孝造を呼ぶ。

「今の話は内密《ないみつ》にな。王たる者、獣身に戻れないとあっては威厳《いげん》が損《そこ》なわれると思う者もいるだろう」

「……そう、でしょうか」

獣人の事情はよくわからないが、自分達の未来のために不利になるようなことを背負うのは、王として立派なことだと思う。そう言うと孝造の目元が綻《ほころ》んだような気がした。

「お前はいい子だな」

孝造の手が暦の頭を撫《な》でた。懐《なつ》かしいようなその感覚。

「どうだ。儂の愛人になる気はないか」

「……は？」

突然、思いがけないことを言われて、暦は耳を疑った。

「この先、オメガが一人で生きていくのは大変だろう。争いの元になるから番にはしてやれないが、不自由はさせません」

「……どうして俺なのですか？」

孝造ほど権力のある者なら、どんな相手だって選び放題だろう。わざわざこんな、どこの者とも知れないオメガを愛人にすることはないのではと思った。

「まず見た目がいい。そして、お前には何か可能性を感じる」

「可能性、ですか」

「ああ、それが何かはまだわからないがな」

このまま施設に戻ったとして、見合いで相性のいいアルファと番えるかわからない。もし見つからなかったら、ずっとあの山で暮らすのだろうか。どうせろくでもないことなら、せめて少しでも変化のあるほうに賭《か》けたいと思った。

「わかりました」

この男の言う可能性を見てみたい。たとえそれが訪《おとず》れなくとも、待っている時間が暦を生かしてくれると思った。

そして暦は、蓮朱孝造の愛人となったのだった。

新しい主人を迎えても、この屋敷はいつも通り静かなままだった。

暦は入浴を終え、真新しい衣服に着替えて新しい主人を待つ。あの男は、必ずやってくると思った。

孝造の息子と初めて会った時、電撃《でんげき》が身体を走ったような感覚がした。

(あれは一体何だろう)

孝造と出会った時も、それなりの衝撃を感じたが、あんなことは初めてだった。

彼は想像していたよりも華やかで、圧倒的で、そして雄味《おすみ》に満ちていた。若さもあってか、まさに獣人の王という感じがした。

(けれど、あの人も朱雀にはなれないんだろうか)

それは少し残念のような気がした。朱雀というものを見たことがないが、きっと暦が想像しているよりもずっとずっと素晴らしいのだろう。

『暦。儂の息子を頼む』

孝造は生前にそう言っていた。

『お前を息子に相続する。最初からそのつもりだった』

なんとなくそんな気はしていた。孝造とは愛人関係ではあったが、彼はどこか一線を引いていた。優しくはされたがどこか他人行儀のままだった。暦は最初、それを愛人としてわきまえろと言われているのだと思っていたのだが。

この人は本気で、息子に自分を譲《ゆず》り渡すつもりなのだ。

それを知ったのは孝造が逝去《せいきょ》する少し前だった。

孝造の葬儀には大勢の人が詰めかけたが、暦は参列せず、遠くからそっと見守った。雨が降ってきた時、孝造がまだそこにいるのではないかと、じっと眺めてみた。暦を導いてくれた男は死して朱雀になれたのだろうか。だがそれを確認することは当然ながらできなかった。

そんなことを思い出していると、足音が聞こえてきた。孝造のものではない新しい足音。それはきっと尊のものだ。

「入るぞ」

無遠慮《ぶえんりょ》な声がして襖が開けられる。そこには尊が立っていた。暦は黙《だま》って彼を見つめる。華やかで苛烈《かれつ》な印象の男。

「きちんと準備をして待っていたってわけか。殊勝《しゅしょう》なことだ」

「多分、おいでになると思っていたので」

尊はどうも暦への当たりが強い。おそらく暦のことを、唯々《いい》諾々《だくだく》と息子に譲り渡された愛人だと思っているのだろう。孝造はきっと、尊に何も説明していない。暦自身にすら、どうして息子に譲られたのかよくわかっていないのだ。ただ暦は、孝造が言った可能性とやらがあるならば見てみたいと思った。ただそれだけだ。

（それに）

彼のフェロモンは、父親のそれとは似ているようで、ずいぶんと違う。孝造のものは本能がかき立てられ、肉体が反応しても、こんなふうに心臓が高鳴ることはなかった。

「……お前のフェロモンは、ずいぶん甘い」

尊が屈《かが》み込み、耳元で低く囁《ささや》いた。その瞬間、あ、と暦の口から小さく声が漏れる。身体の中がとろりと濡れるのがわかった。

「俺の愛人となったなら容赦はしない。そのつもりで扱《あつか》うから、覚悟をしていろ」

「尊、様っ……！」

次の瞬間に腕を摑まれ、暦は布団の上へと組み伏《ふ》せられていた。

「んんっ……！」

口を塞《ふさ》がれ、口内に肉厚の熱い舌が捻《ね》じ込まれるように潜《もぐ》り込んでくる。暦は思わず呻《うめ》くと目を閉じてそれを受け入れた。乱暴に入ってきたそれを受け入れようとする。

「……っふ」

だが予想に反して、それは存外、丁寧に口の中を舐め上げてきた。暦の身体から力が抜けていく。尊のフェロモンが暦を包み、身体の感度をじわじわと上げていった。

「……っは」

ようやく口が離された時には、暦の瞳は涙の膜《まく》で潤《うる》んでいた。どこか不思議《ふしぎ》な多幸感《たこうかん》の中に浮かんでいるような感覚。

だが尊は顔を近づけたまま、食い入るような視線を向けて言った。

「親父にもそんなふうに抱かれていたのか」

「――――」

暦は驚いて尊を見上げた。

孝造の愛人となった暦だったが、実は彼に抱かれたことは数えるほどしかない。それよりも孝造は、暦に立ち居振る舞《ま》いや礼法《れいほう》や教養《きょうよう》などの『教育』を施《ほどこ》すほうに重きを置いていた。孝造がいなければテーブルマナーさえ知らなかったろう。

孝造との行為は快楽《かいらく》はあったものの、それも閨《ねや》の作法《さほう》を教えられたといったほうがいい。セックスというよりは、オメガとしての肉体を熟知《じゅくち》する機会を与えられたに過ぎなかった。

だが尊は、暦が自分の父親に媚態《びたい》を晒《さら》し、欲情のままに足を開いてきたと思っているのだ。その表情には憤《いきどお》りの色が見て取れる。

「……だとしたら、どうしますか？」

暦は尊に艶冶《えんや》な笑みを向ける。そんな彼に少しばかり反発してみたくなった。尊は暦が父親のお下がりであるということに抵抗があるのかもしれない。

父親の気も知らないで。

「……いい度胸だ」

だが、尊は不敵《ふてき》に笑った。彼の肉体からゆらゆらと炎《ほのお》のような気が立ちのぼる。それは獣人の王としてのアルファフェロモンだった。

「……っ！」

それをもろにくらってしまい、暦の身体中が痺《しび》れる。そしてまるで発情期《はつじょうき》の時のような肉体の疼《うず》きが湧《わ》き上がった。

「お前が今、誰のものなのか、徹底的《てっていてき》にわからせてやろう」

「あ、ひ……！」

いきなり乳首に噛みつかれ、痛いほどの刺激が身体を貫《つらぬ》く。だが今の暦にはそれは苦痛ではなかった。敏感《びんかん》な部分への突然の責めに上体が反《そ》り返る。

「んん、くうぅ……っ！」

こんなことは初めてだった。それほど行為に慣れているわけではないが、たったこれだけでこんな感覚を得てしまうことはなかった。

『お前も知っているかもしれないが、アルファとオメガには抜群《ばつぐん》の相性というものがある。それを運命の番などと呼ぶそうだがな。儂とお前はまあ違う』

『それは、会えばわかるものなのですか?』

『会えばわかる。肌を合わせれば、もう離れられないという。出会えるのは奇跡《きせき》に近いらしいがな』

以前に孝造がそんなことを言っていたのを思い出した。次々と湧《わ》き上がる刺激に息を乱しながら目を開け、尊を見上げてみた。

「は…、まさか、こんなことがな」

彼もまた信じられないという表情をしていた。

「クソ親父め。そういうことかよ」

忌々《いまいま》しいと言いたげな笑みが、尊の口元を歪《ゆが》ませる。暦は彼のそんな反応が何を意味しているのか、すぐには理解ができなかった。

ただ、太腿《ふともも》に当たっている彼の怒張が、溶岩のように熱く、硬くなっていることがわかる。

「なに、を」

「黙れよ」

「んんっ……!」

また口を塞がれ、強く弱く舌をしゃぶられる。その度に暦の肢体《したい》はびくびくとわなないた。

頭の中も霞みがかってきて、うまく頭が働かない。

「死ぬほどよがらせてやる」

「んぁあっ」

尖《とが》った乳首をまた摘《つ》ままれ、丁寧に捏《こ》ねられる。乱暴ではないが執拗《しつよう》な愛撫に男の下で全身を震わせた。

「や、あ、ああ、そ、こっ……」

「ここが好きなのか?」

凝《こご》った突起《とっき》を舌先で転がされ、時に乳暈にじっくりと舌を当てられる。もどかしさの混じる愛撫に暦は身を捩《よじ》らせた。だが強靱《きょうじん》な尊の腕に押さえつけられ、すぐに引き戻されてしまう。

「あぅ…んっ、ああっ」

乳首を刺激されているのに、脚の間に直接的な刺激が来た。我慢《がまん》できずに腰を浮かせると、尊の反り返った熱いものと触れ合う。思わず声を上げ、腰が動いた。裏筋《うらすじ》同士が擦《こす》られる感覚がたまらない。

「っ、あっ、あっ」

「……いやらしい奴め」

そんなことを言われても身体が暴走《ぼうそう》してしまっているのだから仕方がない。そう言う尊もまた、ひどく息を荒げているように見えた。こめかみにも汗《あせ》が浮いている。尊が暦の腰を抱き、股間を強く押しつけてきた。

「ひっ……、あっ！」

ずちゅ、と肉茎が強く擦れ合って、強烈《きょうれつ》な刺激が背筋《せすじ》を貫く。火傷《やけど》しそうな熱いものが敏感《びんかん》な部分を責め上げていった。腰が不規則に痙攣《けいれん》する。下半身が触れ合ったところから熔《と》けていきそうだった。

「これが、いいのか」

「ん、んあっあっ、い、いぃ…っ」

暦のものの先端《せんたん》から愛液が溢《あふ》れ、摩擦《まさつ》する度にくちゅくちゅと卑猥《ひわい》な音が響《ひび》く。恥ずかしくてならないのに、ひどく興奮《こうふん》してしまう。自分はこんなに淫《みだ》らな質《たち》だったか。

「ん、うぅ――…っ」

小刻《こきざ》みに腰を動かされると、足先から甘い痺《しび》れが這《は》い上ってくる。暦は奥歯を食い締めるようにして快感に耐《た》えた。

だが、それも長くは続かない。

「ああ…あっ、イくっ、イきま…すっ」

無我夢中《むがむちゅう》で訴《うった》えると、尊の腰の動きが強くなった。暦は無意識に尊の腕を摑み、背中を大きく仰《の》け反《ぞ》らせる。

「あぁぁあっ、んあ――…っ」

びゅく、と音がしそうなほどの勢いで肉茎の先端から白蜜が弾《はじ》けた。どうやら尊も射精に至ったらしく、熱い精が共に下腹部にぶちまけられる。

「ふあっ……、あ」

「……っ」

絶頂の波がしつこく身体に残る。身体中がじんじんと痺れて、まだ前戯《ぜんぎ》の段階だというのに明らかに感じすぎている。

(まさか、この人が――――、運命の?)

戸惑《とまど》いが暦を襲《おそ》う。出会ってしまったというのか。奇跡的な確率だというのに。

「……おい、中弄《いじ》ってやるから、足を開け」

「……」

もう挿入されても充分なほどだが、暦は尊の前で従順に両膝《りょうひざ》を大きく開いた。羞恥《しゅうち》に顔を背《そむ》ける。だが、彼にはそれが未だ反抗的な仕草だと思ったようだった。苛立《いらだ》った気配が伝わってくる。

「欲しそうにヒクついているな」

「んあうっ…、うっ、うっ！」

アルファを欲しがって収縮を繰り返す後孔に、指が二本捻《ね》じ込まれた。肉洞に、じわあっと快感が広がり、下腹の奥が煮え立つ。

「ああ…っ」

「よく濡れてる」

尊は慎重《しんちょう》に指を動かしてきた。ぶっきらぼうな口調の割に、暦を傷つけまいとしているようだ。

「ん、く、くう…ああっ」

肉環をこじ開けられ、内壁をまさぐられる指の動きにぞくぞくしてしまう。暦はもう力の入らない指先でシーツを摑んだ。

「熱くて、絡《から》みついてくる……。いつもこうなのか?」

「あっ、わ、わからなっ……」

揶揄《やゆ》するような言葉に首を振った。多分違う。けれど彼に言っても伝わらないだろう。暦の中には特に弱いポイントがいくつかあって、尊の指の腹でそこを擦られると嬌声《きょうせい》が漏れた。

「あああっ、そこっ…、ああっ」

「ここが好きか」

「〜〜〜っ」

答えることもできずに何度も頷《うなず》く。指先でそこをくすぐるように虐《いじ》められて、泣くような声を上げた。

「ここを俺のでたっぷり突いてやる」

おもむろに指がずるりと引き抜かれる。急激に訪れた喪失感《そうしつかん》に思わず腰を浮かせた。尊が暦の両脚を抱え上げ、蠢《うごめ》く窄《すぼ》まりに自身を押し当てる。

「挿《い》れるぞ」

「……っあ、あっ！」

ずぶずぶと音を立てながらそれが侵入《しんにゅう》してくる。彼のものはずっと長大で太くて、そしてどくどくと脈打ち、熱かった。

「んぁ、あぁぁあ」

「……っ」

暦の快感も凄かったが、尊もまた眉《まゆ》を顰《ひそ》めて腰を進めてくる。待ち望んでいた媚肉がじくじくと疼いて、ほんの少し擦られるだけでも我慢ができなかった。

（あ、す、すごい……っ）

こんなのは初めてだった。一突きされるごとにイってしまいそうになる。そして先ほど指でまさぐられた時に、探り当てられた場所を抉《えぐ》られた時、電流のような快感が身体の芯《しん》を走り抜けた。

「んんあぁぁあっ」

吐精《とせい》したばかりのものの先端から、また白蜜が噴《ふ》き上がる。暦は耐えられずに達してしまい、尊のものを強く締めつけた。

「ぐ…っ」

短く呻く声が彼の喉《のど》から漏れる。尊はその直後に何度か息をつくと、お返しだと言わんばかりに突き上げてきた。

「あぁぁあ…っ、や、ま、待……っ」

「駄目《だめ》だ」

彼は自身をすっかり挿れてしまうと、小刻みに暦の奥を叩いた。

「っ、ふあっ、あっ、ひっ……」

あまりの快感に視界がぶれて白く染まる。どうやらまた極めてしまったようだった。腹の中を絶頂感で侵《おか》されるのが、おかしくなりそうなほどに、いい。暦は尊の広い背中にしがみつくと、無意識で自身も腰を揺らす。

「……おい、動きにくいぞ」

「んんく…うっ、あああっ、だめ、これ、いく、いく…っ！」

とりとめのない、意味をなさない言葉が暦の口から漏れた。頭の中はすっかり惚《ほう》けてしまい、口の端《はし》から唾液《だえき》すら零《こぼ》していた。

「ったく……」

尊の舌先でそれを舐め上げられる。彼はどこか笑っているようにも聞こえた。だが次の瞬間に強くシーツに押さえつけられ、最奥に何度もぶち当てられる。

「あぁぁあぁ」

脳天から突き抜けそうな快楽に揺さぶられ、暦は我を忘れてよがった。絶頂がまた、次々と押し寄せてきて、身体がバラバラになりそうになる。

「なんて奴だ、お前……っ」

尊が何かを言っていた。けれどもう暦にはよくわからない。そして尊が、ぶるっと腰を震わせ、暦の最奥にどくどくと精を注《そそ》ぎ込む。その瞬間にきつく抱きしめられた暦は、目も眩《くら》むような極みに放り投げられていった。


暦が目を覚ますと、身体の上には布団《ふとん》がかけられていた。

(たしか、昨夜《ゆうべ》は……)

身体を確かめると、乱れた浴衣がかろうじてひっかかっていることに気づく。隣には誰もいなかった。おそらく東京へ戻ったか、表の間で寝たのだろう。

身体は意外とさっぱりしていた。どうやら最低限の後始末がされているようだ。

(まさか、彼が)

嵐《あらし》のような一夜だった。暦は男は孝造しか知らなかったが、その息子の尊との行為は孝造とはまるで違っていた。若さなどというものでは説明がつかないほどに。

「……ふう」

起き上がると身体の節々《ふしぶし》が鈍《にぶ》く痛む。まだ気怠《けだる》さが身体を支配していた。暦は風呂に入ろうとしてのろのろと起き上がる。浴衣の帯が落ちたが、どうせここには誰もいない。格好《かっこう》に気を遣う必要もなかった。

襖に手をかけて引く。すると目の前に、背の高い男が立っていた。

「……えっ」

暦は驚《おどろ》いて後ずさる。

「起きたのか。もう昼近いぞ」

尊がそこにいたことにひどく驚いたが、彼はこちらをじっと見つめてから呆《あき》れたように息をついた。

「帯くらいはしたほうがいいんじゃないのか。目の毒《どく》だぞ」

「どうしてここにいるんですか」

「は？」

暦の問いが理解できないように尊は眉を顰める。

「どうして、と言われてもな。ここは俺の家になったし」

「お帰りになられたものかと」

「今日はこっちにいる。月曜になったら戻るさ。なんだ、俺がいたら嫌なのか」

そう言われて、今日が土曜日なのを思い出した。そうか。週末なのでここにいただけか。

「東京のほうに、ご家族はいらっしゃらないのですか」

「俺は独身だが」

そう聞いて、どこかほっとしている暦を、自分自身で不思議に思っていた。彼が独身であっても関係ない。自分は愛人なのだから。孝造のものであった時には持ち得なかった感情が、そこにあることに、暦は少し戸惑った。

「……まあいい。風呂に入るんだろう、行け」

「……はい」

尊が脇《わき》に退《ど》いたので、暦はぺこりと頭を下げて部屋を出る。

「風呂から上がったら食堂に来い。もうすぐ飯ができるそうだ」

「えっ？」

暦はもう一度驚いて尊を振り返った。

「何だ」

「こちらで召し上がられるのですか？」

「……いや、向こうの食堂だが」

この奥の間ではなく、孝造が普段生活していた表の間のほうに来いと言っているのだろうか。

「まさかお前、ここから出るなと言われていたのか?」

暦は首を横に振る。決してそういうわけではない。だが。

「俺は愛人でしたので、わきまえていました」

そう答えると、尊はあからさまに顔をしかめた。

「その話は後でする。早く風呂に入ってこい」

「……はい。失礼します」

暦は足早に立ち去り、浴室へと入る。浴槽《よくそう》には湯が張られていた。ここへは当主がいる時は誰も立ち入って来ない。もしかして、彼が用意してくれたのだろうか。

身体を洗ってから湯に浸《つ》かる。浴室には小窓があり、庭が見られるようになっていた。

『ここから出るなと言われていたのか?』

そうではなかった。孝造はそんなことは一言も言っていない。だが、最初にあの部屋に通された時、その隔離されたような造りから、ここは愛人のための部屋なのだと思った。水回りもすべて揃《そろ》っており、食事も毎回食堂に運ばれてくる。出入り口もあり、表の間に出なくとも生活できてしまうのだ。だからそういうことなのだとずっと思っていた。孝造には暦の前にも愛人がいたのだろう。

けれど尊は暦に出て来いと言う。

昨夜、肌を合わせた時、彼が暦にとって特別な存在なのだということはわかった。多分、尊もそうなのだろう。

だが、暦は孝造から尊に譲渡《じょうと》された愛人なのだ。その立場を忘れてはいけないと思う。今は独身でも、いずれは彼もきちんとした妻を娶《めと》るだろう。運命の相手であっても、それは関係のないことだ。獣人の王である彼に、ただの人間である自分はふさわしいとは言えない。

暦は濡れた前髪をかき上げる。手から滴《したた》る雫《しずく》に目を閉じた。

庭には春の花が咲《さ》き始めていた。


部屋に戻り、単《ひとえ》に着替えて恐る恐る表の間の食堂に入る。テーブルには朝食というにはやや遅い料理が並べられていた。そしてそれらに手もつけずに、尊が腕組みをして座っている。

「やっと来たか」

尊は暦に目をやり、少しの間じっと見つめていた。

「お前、ここではいつも着物なのか」

「前の旦那様の好みだったので」

そう答えると、尊は不機嫌《ふきげん》そうな顔になる。

「……悪くないが、もっと楽な格好《かっこう》でいたっていいんだぞ。座れ」

向かいの席を示されて暦が座る。メニューは洋食だった。大きな皿の上にオープンサンドとポテトサラダ、ソーセージとスープ。デザートは果物だった。

「腹が減った」

尊はそう言って食事を始める。それなら暦を待たずともよかったのに。

大きな口がサンドウィッチにがぶりと齧《かじ》り付く。それを見ていると、昨夜のことが思い起こされて、暦も慌《あわ》てて食事を始めた。

「お前、この後、何か予定はあるか」

「いいえ、特には」

「なら買い物に行くぞ」

「はあ」

暦はこの時、荷物持ちでもさせられるのかと思っていた。

「好きな洋服の系統《けいとう》はあるのか？　なければ俺の好みでいいか」

「……誰のですか？」

「お前のだ」

買い物とは暦の物らしい。びっくりして、口の中のパンをごくりと飲み込んだ。

「何だ。親父はお前に着物を買ってやったりしたんだろ」

「……尊様がそんなことをなさるとは思わなかったもので」

孝造は確かに暦に着物を誂《あつら》えたりしてはいたが、それも呉服商《ごふくしょう》を家に招《まね》いて反物《たんもの》を選んだり、時には暦に選ばせたりしていた。だがそんなことを言おうものなら、また不機嫌な顔をされそうだったので言わないでおく。

「お前がこの家で、親父の買った着物を着ているのが気にいらない」

「旦那様のことがお嫌いだったんですか」

口にしてから失言だったかと思った。だが尊は視線を上向け、少し考えるような表情をする。

「嫌いか好きかというのは考えたことがなかったな。家庭を顧《かえり》みない男だったが、獣人の王としては、あれでよかったんだと思う」

「……そうですか」

「お前にとってはいい主人だったのか」

「旦那様には色々なことを教えていただきました。危ないところも助けてくださり、感謝《かんしゃ》しています」

「……ああ、そういや、売られるところだったんだっけか。親父が潰《つぶ》した人買いの組織に」

話は伝わっているらしい。尊はつまらなさそうな表情でデザートのりんごを口に入れた。

「感謝ね。恋愛的な意味では？」

「それを聞いて、どうなさるんですか？」

「お前は今、俺の愛人なんだ。それは大事なところだろう。昨夜のこともあるし」

「……運命、だと?」

「俺は獣人だからな、そこらへんの感覚は重要視しているんだ」

彼は暦のことを、運命の番になる存在だと受け入れているのだろうか。どうせ正式な夫婦にはなれないのに?

「それなら、どうして首を噛まなかったんですか?」

「お前の意志も確認しないとならないだろう。昨夜は俺もお前もそれどころじゃなかったし」

互いに我を忘れていたと言われて、暦は顔を赤くする。

「それで? 親父のことはどう思っていた? それから俺と番になるか?」

「旦那様のことは、恋愛的な思慕《しぼ》ではないと思います」

「だがヤッてたんだろ?」

「そういう言い方をしないでください」

暦は尊を軽く睨《にら》んだ。

「そんなことはあなたに関係ないでしょう。俺はあなたの愛人です。お好きなように扱《あつか》えばいい」

そう告げると尊は肩を竦《すく》める。

「なら、そうさせてもらう」

尊は椅子《いす》の背に身体を預けると、暦に告げた。

「出かけるから着替えてこい。洋服持ってんだろ？」

尊は暦を車に乗せ、ほど近いスポットに連れて行った。

セレクトショップやブランドショップなどが建ち並ぶ、お洒落《しゃれ》だと評判《ひょうばん》のエリアだった。

「ここ来たことあるか？」

「ないです」

「マジかよ」

尊は鎌倉に来た際、時々こういった場所で気分転換《きぶんてんかん》しているのだそうだ。

「お前だったら、あっちの店とかいいんじゃないのか」

連れて行かれた店はカジュアルもモードも置いてある二、三十代向けの品揃えだという。尊が店員に何か話すと、「こちらにどうぞ」と店の奥に連れて行かれた。

「普段着にするやつ、適当に、あとジャケットとそれに会うボトムも頼む」

「かしこまりました」

店員は次々とシャツやパンツなどを運んできた。シンプルなデザインのものが多く、合わせた店員は、自分のセンスに満足げだった。

「こんなにしていただくことないですよ」

「いいから。俺の好きにしていいんだろ」

孝造もよく暦を着せ替え人形にしていた。やはり親子なのだろうか。店員は控《ひか》えめに尊と暦に視線を送って、関係性を探ろうとしているようだった。

「番の方にプレゼントですか？」

「いや、それがまだ番じゃないんだ」

「では、これからというところですね」

番じゃないと尊に言われ、店員は慌ててフォローを入れる。結局、尊の気の済むまで衣服を購入し、店を出た。荷物を車に入れてから尊が言う。

「あそこの店にも行く」

「えっ…、もう大丈夫ですよ」

「今のは普段着だろうが。今度は俺と出かける用だ」

「出かけるって、どこに連れて行くんですか」

「色々あるだろう。パーティとか、ホテルで食事とか」

「……まさか、公式の場に連れ出す気ですか」

「それは、お前が番になってからだな」

彼の本気を垣間《かいま》見てしまって、暦は戸惑った。

「もっとふさわしい相手がいるでしょう」

「それは俺が決めることだ」

最初に見た時はもっと大人の印象だったが、尊は意外と子供っぽくムキになるところがある。

これまでは、それこそ大人の孝造を相手に過ごしてきたので、少し驚いた。

「今、親父と比べたろう」

「そんなことしてません」

だがやはり鋭《するど》い。これも獣人ならではだろうか。

結局もう一軒《いっけん》のショップに入ったが、そこでは見るだけに終わった。尊がスーツを作るならオーダーメイドがいいと思い直したからである。

「親父が着物を仕立てたなら、俺もスーツくらい作らないと」

やはり対抗しているではないか。そう思ったが、暦は黙っていた。

一休みをしに海沿いのカフェに入る。少し陽《ひ》が傾《かたむ》いてきていて、水面がきらきらと光って綺《き》麗《れい》だと思った。

「……そういえば、鎌倉に住んでいたのに、こんなふうに海を見るのは久しぶりでした」

何気ない暦の言葉に、尊は呆れたようにため息をつく。

「親父はどこにも連れて行ってくれなかったのか」

「俺も、特にどこに行きたいとか言わなかったので」

「普通は言われなくとも連れて行くもんだ」

「ちゃんとした伴侶《はんりょ》だったら、そうでしょうね」

小さく笑む。わきまえていること。それが暦が生きていく上での処世術《しょせいじゅつ》だった。

「なんで愛人なんかやってたんだ。多分、お前が嫌だと言えば無理強《むりじ》いはしなかったと思うぞ」

「……嫌では、なかったんです。おそらく帰りたいと言えば帰してくれたのでしょうけど、あのまま、あそこで一生過ごすほうがつらいと思ったので」

「オメガの保護施設だったか。えらい辺鄙《へんぴ》な山の中にあるらしいな」

「ええ。どこかのアルファと見合いをして、番として成立しなければ出て行けませんでした」

「言っちゃなんだが」

尊はしかめっ面《つら》で告げた。

「そんな山の中の施設にいるオメガと見合いをしなければ、番を見つけられないようなアルファは、たいしたアルファじゃないと思うぞ」

「手厳しいですね」

暦は思わず笑いを漏らす。アルファというだけで上積《うわづ》みのようなものだと思ったが、その中でも出来不出来はあるらしい。暦にはわからないことだ。だが目の前の男は、間違いなくその中でもトップなのだろう。

「ベータの両親から生まれた俺は、オメガというだけで捨てられました。それからずっと一人です。旦那様には面倒を見ていただきましたが、あの方は俺とは違う世界に生きた方でした。そういう意味では、この先も一人で生きていくでしょう。あなたが俺に飽《あ》きたら、いつでも出て行きます」

「そ――――」

尊が何かを言いかけた。視線を彼に向けると、彼は口を閉ざしてしまう。なんでもない、と低い声が告げた。

暦はそっと横を向き、オレンジ色の水平線を眺めるのだった。

「おかえりなさいませ」

屋敷に戻ると、家政婦が出迎えてくれた。

「明日は東京にお戻りですか」

「ああ、一度戻る」

そんな会話が聞こえてきて、ああ、また一人になるのだな、と思った。孝造がいた時も週末しか暦のところには来なかった。隠居していたものの、彼の力を必要とする者は多く、色々と忙《いそが》しかったのだろう。

また以前に戻るだけだ。この屋敷で静かに生活していこう。いつか本当にこの屋敷を出て行く時のために寂《さみ》しさに慣れておく。

「尊様、服、ありがとうございました」

「おい暦。先に行くな」

ふいに名前を呼ばれて、暦はびっくりして尊を見た。両手に持ったショッパーの片方を取り上げられる。

「部屋まで運ぶぞ」

「あ、でも、そんな」

尊に荷物を持たせるなど、とんでもない。そう思って取り返そうとしたが叶《かな》わなかった。彼はずんずんと奥の間に向かっていってしまう。

「ここに置くぞ」

「あ、ありがとうございます。……すみません」

「気にするな」

そう言って彼は笑った。多く目にした不機嫌そうな顔ではなく。

「じゃあまた、後でな」

部屋を出て行く尊の背を思わず目で追う。暦は戸惑っていた。彼に優しくされると、どうしたらいいのかわからなくなる。

「……旦那様。俺はどうしたらいいですか」

暦は、今は亡き孝造に問いかける。彼は息子を頼むと言った。その時は、自分ごときに何を言っているのだろうと思っていたのだが。愛人として遺産と一緒に譲渡されると聞いた時も、大事にはされないと思っていたのに。

広い屋敷のどこかに尊がいる。そう思うだけで暦の心は平静さを欠いてしまうのだった。


「……ん、は、あぅ……っ」

背後から抱きしめられ、後ろを向かされて、尊に深く口を貪《むさぼ》られる。

寝間着である浴衣は、はだけられ、肩からずり落ちて前も開いていた。

「……もっと舌を出せ」

「んん……っ」

言う通りにすると、ちゅる、と舌を吸《す》われる。背筋からぞくぞくと快感の波が広がっていった。

尊はその夜もやってきて、暦を抱いている。二度目の情交は、尊に触れられただけで身体に火がついたようにはっきりと熱くなった。彼の大きな手が肌を這い回る。その感触にため息が漏れた。

「ん、ああっ」

指先で胸の突起を捕らえられる。左右のそれをくりくりと弄《もてあそ》ばれ、あ、あ、と声が出た。

「昨夜はここがよさそうだったな」

「ん、ふ、あっ、そこ、は…っ」

敏感な乳首は、尊の指先に良く反応する。彼の指はひどく巧《たく》みで、暦の快感を容易《たやす》く引き出した。乳首の中に快感を生み出す芯《しん》のようなものがあって、尊の指でそこを押し潰《つぶ》すようにされると、また思考が白く濁《にご》ってしまう。

「ここも、親父に仕込まれたのか?」

「ん、ん…は、あっ!」

違う、と言いたかった。だがそれを言っても信じてもらえないだろう。暦が孝造の愛人だったことは事実なのだ。

「……まあいい。俺の色に染め変えるだけだ」

「あっ！　ふぁ……ああ……っ」

乳首の先端を何度も弾《はじ》かれて、暦の背中が大きく仰《の》け反《ぞ》る。尖《とが》って膨《ふく》らんだ突起から、甘い快感がじゅわじゅわと身体中に広がって、腰の奥まで蕩《とろ》かした。無意識に尻を浮かせ、いやら

しく振りたてる。

「そんなに尻を揺らして、気持ちいいのか？」

「あっ…、あっ、うっんっ…、き、きもち、いっ……」

内奥がきゅうきゅうと引き絞《しぼ》られるように収縮する。肉茎は先端をしとどに濡らしながら、そそり立っていた。触れられていないのに、もどかしくもはっきりとした快感が伝わってくる。

「そうか、じゃあ、ここでイってみろ」

「あっ、そ…なっ、だ、めっ、ああっ」

二本の指で挟《はさ》まれた乳首を、上下に細かく揺すられる。快感が背筋を侵し、下半身までも占《せん》拠《きょ》していった。

「あ、はっ、あああぁあっ！」

乳首に電流が走る。反り返って一瞬硬直《こうちょく》した背中が、びくびくとわななき始めた。暦の肉茎の先端から白蜜が弾ける。

「んあぁあぁあ」

胸の突起への愛撫だけで達してしまった。羞恥と、そして甘い敗北感《はいぼくかん》が全身を包む。

「……イけたな。えらいじゃないか」

「……あっ、あっ」

イったばかりの乳首を宥《なだ》めるように、ゆるゆると撫《な》で回されるのがたまらない。まだすぐに達してしまいそうだった。

「素直なお前にご褒美《ほうび》をやろう」

暦の身体がシーツの上に組み伏《ふ》せられ、両脚を大きく開かされる。次に尊が何をするのかわかった時、暦は思わず瞠目《どうもく》した。

「っ、あっ、あああぁっ…！」

腰骨を灼《や》くような快感に思わず嬌声を上げる。尊は暦の肉茎を口に咥《くわ》え、ねっとりと舌を絡《から》ませてきたのだ。足先まで甘く痺れるような刺激に喉を反らす。

「あ、あっ、ああっ」

乳首を責められていた時も、ここは気持ちが良かったが、直に刺激されると良すぎて涙が出そうになる。感じやすい裏筋を何度も舐め上げられると切れ切れの声が漏れた。

「あ…あ、あ――…っ」

自分の股間から、尊が舌を使う卑猥《ひわい》な音が聞こえてくる。獣人の王である彼にそんなことをさせているのが居たたまれず、けれどやめろということもできない。きっと今やめられたら、どうにかなってしまうだろう。

「…ふ、お前のもの、びくびく跳《は》ねて可愛いな。ずっと舐めていたくなる」

「……そ、んなこ、と…っ」

尊に舐め上げられる度に暦のものは反応した。腰の奥から熱い絶頂感が込み上げてくる。このままでは、彼の口の中に放ってしまうだろう。

「も…うっ、もうっ、出ますっ、からっ……」

暦は力の入らない腕で、どうにか腰を引こうとする。だがそれはすぐに尊の逞《たくま》しい腕で引き戻されてしまった。

「逃げるな」

「ひぅうっ」

逃げた罰《ばつ》だと言わんばかりにきつく吸い上げられ、頭の中がかき回されるような快感によがり泣いた。

「せっかくのお前の蜜だ。俺に飲ませろ」

「や、あ、だめ、あ…っ！　あぁぁぁあ」

込み上げる極みに耐えられなかった。嬌声を漏らした暦は背中を浮かせ、尊の口中に白蜜を弾けさせる。イっている間はずっと、内腿を痙攣《けいれん》させていた。下肢が熔《と》けるかと思った。

「あ……あ」

どうやら尊は暦が放ったものを飲み下してしまったようだ。その絶望感に顔を覆《おお》ってしまう。

「……おい」

「……」

「顔を見せろ」

「嫌です」

「何故」

「……さいてい、です、そんなっ……」

「俺だってこんなことをしたのは、お前が初めてだよ」

「――――」

その言葉に暦はわずかに腕をずらした。目の前の尊は思いのほか優しげな顔をしている。

「どうしてだろうな。お前は何もかもが違う。これが運命ってやつか？」

「……本気で信じているんですか？　そんなもの」

暦は運命同士の番を知らない。だから都市伝説《としでんせつ》のようなものだと思っていたのだ。ましてや彼とは昨日会ったばかりで、抱かれるのも二度目だ。

確かに尊の言う通り、彼には特異なものを感じる。けれど暦は、尊の他には孝造しか男を知らないし、その孝造との行為もこんなに苛烈《かれつ》なものではなかった。

「あなたは獣人の王で、俺は人間なのに」

「関係ない」

尊はそう告げると無遠慮《ぶえんりょ》に暦の両脚を抱え、押し開いてくる。

「ただ、お前が親父のものだったのは気にいらない。あいつに何もかも見透《みす》かされていたようだ」

「あ、うあ…っ」

後孔の入り口に怒張の先端を宛《あて》がわれ、暦は喘《あえ》いだ。肉環をこじ開けられ、それが這入《はい》り込んで来る。

「う、ああ、あああぁ…っ」

拡げられ、侵されていく感覚。腰から背中へぞくぞくと快感が走る。尊のものは圧倒的で、まるで炎に犯されているようだった。

「い、い…く…っ」

挿入されているだけで、もうイきそうになり、暦は思わず尊にしがみついた。すると彼の気配が伝わってきて、ぎゅう、と抱き返される。

「好きなだけイっていいぞ」

次の瞬間に強く腰を進められ、ぐちゅん！　という音と快楽の衝撃が暦を襲った。

「あ！　あ…あ、んあぁぁあっ」

びくん、びくんと全身が跳ねる。肉洞が蠢き、凶悪《きょうあく》な尊のものに絡みついて強く締めつけた。体内の彼の形がはっきりとわかる。

「んんう…っ」

絶頂感にわななないている暦に尊が深く口づけてくる。呼吸を奪われるようで少し苦しかったが、それよりも昂《たか》ぶりのほうが大きかった。肉厚の舌を夢中で吸い返す。

「……暦」

「あっ」

名前を呼ばれて反応した。まだ余韻《よいん》に震えている中を虐めるように尊がかき回してくる。

「あ、あっ、ああっ、ま、待って……っ」

達した直後は感じすぎてつらいのだ。だがそう訴《うった》えても彼が止まる気配はなかった。内壁を擦り、小刻みに突き上げ、大胆《だいたん》に抉ってくる。

「ひ、ひい、ああっ」

「こんなに歓迎《かんげい》されて、待てるかよ…っ」

「んっ、あっあああっ、尊さ、ま…っ」

暦が彼の名を呼んだ瞬間、内部のものが急激に膨れ上がった感覚がした。

「ああっ、どうし…て…っ」

「……っ、自覚がないなら困ったものだなっ」

両腕をシーツに押さえつけられる。次の瞬間に、ずうん、と奥を突かれて、頭の中が真っ白になった。

「あ、あ――――っ、～～～～っ」

暦は瞬く間にまた達した。尊はもう容赦なく肉洞を責め上げてくる。暦は喉をそらせ、ひいひいと泣き喘いだ。もう羞恥などかまっていられなかった。

「出す、ぞ…っ」

「んっ、あっ、ああっあっ」

出して欲しい。内奥に。オメガであるこの子宮に、そして出来れば、孕ませて欲しい。

――今、何を考えた？

激しい官能《かんのう》に犯されながらも暦は戸惑った。

この男の子供を身籠《みご》もりたいだなんて。

次の瞬間、暦の内壁に尊の熱い飛沫《しぶき》が叩きつけられた。その感触にもひどく感じてしまって、暦はあられもない声を上げる。

「ああっ、くうう――…っ」

「う、ぐっ…」

短い呻きが降ってきて、強く抱きしめられた。身体がバラバラになるような感覚に、暦はただ、陶酔《とうすい》した。

「じゃあ行ってくる」

「いってらっしゃいませ」

車に乗り込もうとする尊に、暦は家政婦と共に頭を下げる。

週末が明け、尊は鎌倉の屋敷から東京へと戻っていくのだ。気を利かせているのか、家政婦は挨拶が済むと、さっさと屋敷の中へと入っていく。後には尊と暦だけが残された。

「ひとまず東京に戻るが、また来られるようだったら来る」

「はい」

この週末に会ったばかりの男に、暦は何度抱かれただろう。今朝は明け方まで離してもらえず、暦は若干《じゃっかん》、睡眠不足気味《ぎみ》だった。尊にはまったくそのような様子は見られず、アルファで、しかも獣人の王というのは、どれだけの体力があるのか。

暦の内奥には、まだ彼のものの感覚が残っていた。これまで知らなかった快楽を教えられ、数え切れないほどの絶頂を味わわされ、まだ身体が甘く痺れている。

彼はこの屋敷からいなくなってしまう。

そう思うと、どこか心細い感情が胸の奥から込み上げてきた。

「そんな顔をするな」

尊の手が暦の頬《ほお》に触れる。思わず彼の目を見つめた。

「またすぐに来る」

「……っ、お気遣いは必要ありません。尊様のいいように」

気づかれていたか。自分はいったいどんな顔をしてたんだろう。暦は思わず尊から一歩下がる。彼はそんな暦を見て、ため息をついた。

「可愛くないやつだ」

そんなふうに言われて目を伏せる。すぐに来てくださいと、そう甘えてみせればよかったのだろうか。

「ああ、そうだ、暦」

車に乗り込む寸前《すんぜん》に、尊は暦の耳元に唇を近づけて言った。

「――どんなに身体が疼いても、自分でするなよ。他のアルファにも充分気をつけろ」

「っ」

言いつけられた言葉に、カアッと顔が熱くなる。それでも素面《しらふ》に戻った暦は顔を赤らめながらも、きっ、と尊の顔を見返した。

「……承知《しょうち》いたしました」

「じゃあな」

尊は後部座席に乗り、屋敷の車寄せから出て行ってしまう。東京まで車で一時間あまり。だがその距離はとても遠いように思えた。

これまでも暦は、この屋敷で長い時間を一人で過ごしていた。

孝造はいつもここに来るということはなく、長い時は一ヶ月以上も放っておかれたことがある。

それでも暦はさして寂しいとも思わず、静かに暮らしていた。薬は充分に与えられていたから、近場を散歩したりすることも可能だった。

だが、尊が東京に戻って二日。

暦は早くもカレンダーの日付を目で追っていた。週末にはまた彼がやってくるはずだ。それまであと数日待てばいい。

だが、この日あたりから暦の身体は早くも熱を持ち始めていた。何かしている時はいいが、ふと気を抜くと身体の芯がずくずくと脈打っていることに気づく。抑制剤《よくせいざい》を飲んでもそれは変わらなかった。

(オメガホルモンのせいじゃないのか)

ここにきて暦はようやっと気づいた。この身体の切なさは、初めて本当の快楽を得てしまった余波《よは》だ。暦の肉体はあの男を求めている。

夜になるとそれはますます顕著《けんちょ》になった。自分で処理《しょり》しようと自身の身体に手を伸ばすも、途中で止まる。

(自分でするなよ)

「――……」

その言いつけを破《やぶ》ったとて、おそらく黙っていればわからないだろう。それでも暦は自慰《じい》をやめた。悶々《もんもん》としたまま布団の中で夜を過ごす。早く、早く週末になって欲しい。

だが、その願いは意外な形で破られた。

木曜の夕方、暦のスマートフォンに着信が入った。このスマホにかけてくる者など数えるほどしかいない。先週に登録させられたばかりのあの男だった。

「はい」

『俺だ』

電話の向こうの男は横柄《おうへい》に名乗る。

『実はな、今週末にそっちに行けなくなった。すまん』

「――……」

暦は思わず言葉を失った。明日になれば彼が来てくれると思っていたのに。梯子《はしご》を外されたような気分だった。

「……お忙しいんですか」

『いや、そうでもないんだが、土曜の昼に外せない会食が入った。それさえなければ行けるんだが』

「そうですか」

自分には彼を責める権利はない。立場をわきまえ、わかりましたと言うべきなのだ。待っていたのに、と言いたくなる気持ちをぐっと堪《こら》え、暦は口を開こうとした。その時。

『だからな、明日そっちに迎えを寄越《よこ》すから、東京に来い』

「……え？」

『間違っても電車で来るなよ。危なくてしょうがないからな。手ぶらでいいが、何か必要なものがあったら準備していろ。じゃあな』

「え、あの、ちょっ…！」

暦が返事をする間もなく、電話は切れた。暦は少しの間スマホを片手に呆然《ぼうぜん》としてしまう。前の主人の孝造は、暦を東京に呼びつけるなどということはしなかった。彼が暦と会うのは、いつもこの屋敷でだった。

「……準備しろって言ってたよな……」

いったい何を用意したらいいのかわからなかったが、とりあえず二、三日分の着替えや薬などをバッグに詰めた。

次の日の午後、東京からの車が屋敷の前に停まる。

「暦様、迎えの車が参りましたよ」

家政婦に呼ばれた暦は荷物を持って玄関に出た。

「いってらっしゃいませ」

「はい、いって…まいります」

玄関を出ると、スーツの男が立っていた。男は折り目正しく礼をすると、後部座席のドアを開けて暦を促《うなが》す。

「どうぞ」

「ありがとうございます」

乗り込むと車はすぐに発進した。住み慣れた屋敷がみるみる遠くなってゆく。見えなくなったところで暦は運転席の男に尋ねた。

「あの、東京のどこに行くのですか」

「尊様のお住まいです」

「そうですか……」

暦はシートに背中を預ける。五日ぶりに尊に会うのだ。そう思うと今更《いまさら》ながらに鼓動《こどう》が速くなった。

道路沿いに海が見え、日差しを受けてきらきらと光っている。それを見た暦は、彼と出かけた時のことを思い出した。深いため息が漏れる。

(あの人と会ってからずっとこうだ)

尊が目の前に現れてから、暦の静謐《せいひつ》で退屈な時間は終わりを告げた。

(これが運命の番というものか)

けれど、彼と自分が本当にそうなのだろうか。獣人の王とただの人間なのに。種族も立場も、何もかも違うのに。

尊は暦の肉体を好きにはしたが、無理に首を噛むことはしなかった。それは暦の意志を尊重《そんちょう》しているのだろう。番になるということは、アルファよりもオメガのほうが慎重にならざるを得ない。もし番を解消されたら、抑制剤の効《き》きも悪くなり、その後の人生が非常につらくなる。

（俺はどうしたいんだろう）

尊のことは、最初は威圧的な男だと思ったが、すぐに紳士的《しんしてき》で優しいところがあるとわかった。もしも尊がただのアルファであったなら、暦は頷いていたかもしれない。

愛人と正式な番は違う。ただのオメガである自分は、獣人の王である彼にはふさわしくないのではないだろうか。

そんなことをつらつらと考えているうちに、車は都内の住宅地に入り、とある建物の前に停まった。

「着きました」

「ここが……」

車が横付けされたのは、すっきりと都会的なタワーマンションだった。

運転手は暦にとあるものを手渡す。

「こちらが鍵です。尊様がお渡しするようにと」

暦が受け取ったのはカードキーだった。

「お部屋は最上階ですので、すぐにおわかりになるかと。何かあればコンシェルジュもおりますので、そちらで聞いてください」

「あ、はい…。ありがとうございました」

暦はカードキーを受け取り、車を降りる。目の前の大きなエントランスから中に入ると、扉の前に端末があった。多分ここでこのカードキーを使うのだろう。

恐る恐るカードを端末《たんまつ》にかざすと、扉が左右に開いた。中にはホテルと見まごうほどの巨大《きょだい》なホールが広がっている。正面にデスクがあって、黒いジャケットを着たコンシェルジュがにこやかに暦に微笑《ほほえ》んだ。

「すみません、エレベーターはどちらでしょうか」

「あちらを進んでいただいて、左手になります。カードキーをかざしてお使いください」

言われたままに進むとエレベーターホールに出た。四角い箱に乗り込んだ暦が、階数表示パネルの下にカードをかざすと、勝手に最上階のボタンが光り、上昇を始める。

最上階に着くと、そこには部屋がひとつしかなかった。運転手が言ったわけがわかった。とりあえずインターフォンのボタンを押してみるが応答がない。やはり不在なのだろう。入って待てということか。

暦はため息をついてドアにキーをかざす。すると施錠《せじょう》が解除されるカチャリという音がした。

そっとドアを開ける。重々しいそれはゆっくりと開いて、暦を中に招き入れた。

「……お邪魔します」

誰もいないのにそう声をかける。

中は整然と片付いていて、センスのいいインテリアにまとめられている。普段、日本家屋で生活している暦にとっては物珍《ものめずら》しい眺めだった。

遠慮《えんりょ》がちに広いソファに腰掛け、時計を見る。もうすぐ四時になるところだった。尊が何時に帰ってくるのかわからないが、おそらく忙しいだろう。

「……ふう」

ソファに身体を預ける。上等なそれは暦の身体をゆったりと受け止めてくれた。緊張《きんちょう》が少しほぐれ、睡魔《すいま》が訪れる。

(駄目だ。このままだと寝てしまう……)

そんなふうに思いつつも、暦の瞼《まぶた》がゆっくりと下がり、やがて意識が眠りの淵《ふち》にゆっくりと沈《しず》んでいった。


唇に何かが触れている。

熱く弾力のあるそれが何度も暦の唇を吸い上げて、濡れた何かが口の中に入ろうとしていた。

「んう、う……」

心地よい感触に身体がじわじわと痺れてくる。ふわふわと浮くような多幸感に包まれていた。

寝ぼけた頭ではそれが何かもわからず、ただ本能のままに口を開いてそれを迎え入れた。

「あ、ん、う」

舌を搦《から》め捕られて何度も吸われ、気持ちよさに涙が滲んだ。それにつられるようにして胸の突起がつんと勃《た》ち上がる。

(もっとして欲しい)

きっとこれは夢なのだ。夢の中ならどんなことをしてもいい。

暦はそう思って、自分から首を傾《かたむ》けて彼の舌を夢中で吸い返した。

「————!?」

意識がふいに覚醒《かくせい》する。少し間を置いて自分の状況《じょうきょう》を理解した暦は、慌てて両手を突っぱねて身体を離した。

「おっ…と」

「な、何、をっ…!」

横にいたのは尊だった。彼は少しばつの悪そうな表情を浮かべて、困ったように笑いながら暦を見ていた。初めて見るそんな顔に思わず胸の奥が、きゅう、となる。

「五日ぶりだな」

「お帰りになっていたなら、普通に起こしてください」

「お前が無防備な顔を晒《さら》していたのが悪い」

暦の隣に座る尊はきっちりとスーツを身に纏っていた。一目で仕立てのいいものだとわかるそれは、彼の逞しい肉体によく似合っている。

「……おかえりなさいませ」

「ああ」

時間を確認すると、まだ六時前だった。

「ずいぶん早くおかえりなんですね」

「お前が来てるってわかってるのに、仕事なんかしていられるか」

さらりと告げられた言葉に動揺してしまう。

「いきなり呼びつけて悪かったな」

「いえ…、あなたに従うのが俺の役目ですから」

暦がそう言うと、彼は少し不機嫌そうな表情になった。気を悪くさせたろうか。だが暦は立場を明確にさせないとならない。

「まあいい。着替えるから手伝ってくれ」

「はい」

尊についていき、クローゼットに入る。そこは予想以上の広さだった。壁の両側にずらりと衣服がかけられ、片方はハイブランド、もう片方がややカジュアル寄りになっているようだった。そして部屋の中央にはショーケースのようなものが置かれ、中には時計がいくつも並べてある。思わず店のようだ、という感想を抱いてしまった。

尊が上着を脱いだのでそれを受け取り、丁寧にハンガーにかける。彼がネクタイを緩め、シャツを脱ぐところを目にしてしまって、均整のとれた筋肉が目の前に露わになる。先週末のことを思い出してしまい、頭の奥がくらりと揺らいだ。

(こんな密室にいるからだ)

尊から時折《ときおり》ふわりと香るアルファフェロモンは、暦を刺激する。ただでさえ自慰を禁じられ、肉体的に切ない状況にあるのだ。それなのにこんなふうに刺激されたら、薬を服用しているとはいえたまらない。

「……すみません、失礼します」

耐えられなくなる前に暦はクローゼットを出る。リビングに戻り、ソファの背に手をついて呼吸を整えた。

やがて着替えを終えた尊が近づいてくる。振り向こうとした瞬間、背後から抱き竦《すく》められた。

「……ちゃんと言いつけを守ってたか。自分でしてないな?」

「……して、ないです」

「そうか。えらいぞ」

尊の腰が、背後から、ぐっと暦に押しつけられる。

「！」

そこに感じる熱い岩のような感触。それは尊のものだった。

「俺もだ」

耳に注《そそ》がれる低く深い声が鼓膜をくすぐる。暦は思わず背中を震わせた。

「こんなに甘い匂いをさせて」

「あ、あっ…！」

「ベータの運転手に迎えに行かせてよかった。電車なんかに乗ったら、今頃どんな目に遭ってたか」

「……電車に乗るアルファもいないんじゃないですか……」

「わからんぞ、そんなのは。俺だってたまには乗る」

たまに乗るのか、とそんなことを考えていると、尊が暦の首筋に顔を埋《うず》めてきた。暦が反射的に身体を強ばらせる。

「……噛まないさ。まだな」

「……っ」

舌を這わされ、ぞくぞくと身体が震えるのが止められなかった。感じているのはきっと彼にも知られてしまっているだろう。

「風呂に入るか、一緒に」

あきらかに欲情した声が耳の奥に注がれ、鼓膜《こまく》を愛撫《あいぶ》する。暦はそれに逆らえず、逆らう気も起きず、こくりと頷いた。


「背中を流してくれないか」

広いバスルームに入ると尊はそう言った。

「親父とも一緒に風呂に入ったことはあるのか」

「あるには、あります」

「そういう時は嘘でも、ないって言うもんだ」

「申し訳ありません」

暦がちょっとむっとして答えると、尊はたいして気にしてないふうに笑った。ミストシャワーが頭から降り注いで温かい。ボディタオルにソープをたっぷりとつけ、逞しい背中を擦った。

彼の肉体は本当に見事だ。なめし革《がわ》のような肌の下にある隆起《りゅうき》した筋肉。孝造も年齢の割には筋肉質な身体だったが、獣人とは皆このような肉体を持っているのだろうか。

「……」

暦は次第に変な気分になっていくのを自覚した。目の前の男にそれを悟《さと》られたくなくて、息をつめる。すると背を向けていた尊がいきなり振り返ったので、暦は驚いてタオルを落としそうになった。

「前も洗《あら》ってくれ」

「はい……」

彼は堂々と暦の前に立っている。暦はなるべく下を見ないようにして尊の身体を洗った。顔が熱くなっているのが自分でもわかる。バスルームの温度のせいだろうか。

「……洗いました」

ハンドシャワーで洗い流し、やっと終わったと息をつく。だが尊は次にこう言った。

「下は？」

「え…？」

「下も洗ってくれよ」

「――――」

暦は思わず視線を下に向ける。そこには尊の男根が重たげに、そしてすでに隆起していた。

「おいおい、そんな硬いタオルで洗う気か？」

「あ…」

催促《さいそく》され、暦は両手にソープを泡立《あわだ》ててそれを摑む。どくん、という脈動が伝わってきたような気がして思わず息を吞んだ。くう、と喉が音を立てる。

握ったそれは暦の手の中でたちまち大きく硬くなっていった。

「どうした?」

促されて、暦はぎこちなく手を動かす。両手の中に余るようなそれは、擦られてますます大きくなった。これが身体の中に挿入《はい》っていたのだ。そう思うと腰の奥が、かあっと熱くなる。胸の先も、じん、と疼いて尖っていった。

「……っ」

刺激されて尊の口から吐息が漏れる。それを聞いて暦もまた切なくなっていった。手の中のどくどくという血流がどんどん大きくなっていった。

「……っあ、こんな、大きく…っ」

耐えきれずに暦が喘ぐと、尊はその手をそっと離させた。

「もういい」

でも、と見上げる。潤《うる》んだ視界の中で尊の姿が滲《にじ》んで見えた。

「俺もお返ししてやろう」

「んぁあっ」

彼の指先がそっと乳首を掠《かす》める。その瞬間、暦の身体をびりびりと痺れるような快感が走った。けれどそれはすぐに離れてしまって、大きな手が暦の肌を優しく撫で上げる。

「あ、あ……っ」

「身体は素手《すで》で洗うのが一番いいらしいぞ」

ソープでぬめった手で全身を撫で回されて、暦の肢体がひくひくとわななく。

「あ、ああ……、んん……っ」

それでも肝心《かんじん》のところには触れてくれない。かわりに泡がそこを流れていく微《かす》かな感覚が、もどかしくてたまらなかった。

「や、だ…め、駄目です…っ」

「遠慮をするな。そら、もっと足を開け。洗えないだろう」

「あっあ…っ、んんん……っ」

足の付け根をくすぐるように触れられ、膝《ひざ》ががくがくと震える。焦《じ》れったさから逃れたくて暦は尊に背を向けたが、そのまま壁に押しつけられて尻を揉《も》まれてしまった。そのまま掌《てのひら》で背中を撫で上げられ、脇腹《わきばら》を辿られる。

「あっ、あっ」

くすぐられる感覚に力が抜けた。もう逃げることなど叶わない。前に回った両手の指に胸の乳暈を優しく擦られる。

「……ふう、ああ……っ」

尖って膨らんだ突起には触れてくれない。足の間もそそり立って先端を濡らしているというのに、相変わらず放置されたままだ。そんなふうに生殺《なまごろ》しにされて、暦はとうとう音《ね》を上げた。

「……っ許して、ゆるしてくださ……っ、ああ、こんなのは……っ」

「俺は洗っているだけだぞ？」

「ち、違う、ちが…っ、意地悪《いじわる》、しないでくださ……っ」

目の前の王に身も世もなく哀願《あいがん》する。理性をかき乱された暦は、どうされても構わないと思った。

「なら、ちゃんと俺にねだれよ」

勢いよくシャワーが降り注ぐ。身体の泡を洗い流す、その感覚すら耐えがたかった。湯の矢が乳首を弾く度に腰が震えてしまう。尊のものも血管を浮かべて天を仰《あお》いでいた。暦が彼のフェロモンに反応してしまうように、彼もまた暦のそれに反応している。それでも尊は我慢できているようだった。

力が抜け、もう立っていられそうになかった。尊に支えられながらバスルームを出て、乾いたタオルで雑に身体を拭《ふ》かれると抱き上げられた。

「あっ」

浮遊感と、どこかへ運ばれる感覚。心許《こころもと》なくて両腕で尊の首にしがみついた。

寝室に入ったのか、大きなベッドに下ろされる。

「ふあっ……、ん」

口を塞がれ、何度も重ねる角度を変えては唇を吸われた。暦もまた必死でそれに応《こた》える。

「どうして欲しい？」

暦は今、自分が発情していることをはっきりと自覚していた。ヒートでもないのに、肉体を炙《あぶ》られているようだった。胸の先が疼いている。

「あ…っ、乳首を、虐めてください……っ」

赤く膨らんで勃起した乳首は、ずっと愛撫を待ち焦《こ》がれていた。そして先週、乳首でイかされたことが忘れられず、暦は羞恥に震えながらも、そう哀願せずにはいられない。

「ここだな？」

「ああっ、はうっ…んんっ」

尊の指先が両の突起を捕らえ、指の腹でくりくりと弄《いじ》り回す。その瞬間に電流が走ったような快感が込み上げて切羽詰《せっぱつ》まった声を上げた。

「また乳首でイきたいか？」

「あっ！　は、はい…っ、んんっ、イきたい、ですっ……」

摘まれた乳首を軽く揺すられると、全身が痺れるようだった。どうしてこんな小さな部位がこんなに感じるのだろう。

「素直に言えてえらいじゃないか。褒美にたっぷりと可愛がってやる」

「あ、ああっあっ！」

舌先で突起を転がされる。びくん、と背中が反り返り、暦は思わずシーツを握りしめた。敏《びん》感《かん》な乳首は尊の口に含《ふく》まれ、音を立てながらしゃぶられる。甘く痺れる快感が身体中に広がった。腰が浮いてあやしくうねった。

「はっ、あっ、あっ、あう……んんっ」

もう片方の突起は尊の指先で捏《こ》ねられ、弾かれて違う刺激を与えられる。

「根元から勃ち上がっているじゃないか。よっぽど気持ちがいいんだな」

「あ、あ…あっ、いい……っ」

快感に溺《おぼ》れた暦の口から卑猥な言葉が漏れた。尊の歯がそっと突起を噛む。

「ふあうっ…！　んん、――――…っ！」

がくがくと腰が揺れて、暦は肉茎の先端から白蜜を噴《ふ》き上げた。腰が抜けるような絶頂感に襲われる。乳首を虐められて達してしまった。視界が白く濁る。

「上手にイけたじゃないか……。今度はこっちだ」

「ああっ」

反対側の乳首を舌で転がされ、たった今、イったばかりのところを指先で弄られる。するとさっきよりも早い極みが込み上げてきた。

「あっ、イくっ…、またイくっ」

暦はシーツの上で仰け反って悶える。乳首で達すると腰の奥が激しく収縮して身体がもの凄く切なくなる。だがそれが興奮を呼び起こし、淫《みだ》らな気持ちになるのだ。

「あううんっ……！　あ――――…っ」

興が乗ったらしい尊に何度も乳首でイかされ、暦は涕泣《ていきゅう》する。今まで味わったことのない快楽に乱され、溺れ、堕《お》ちていった。

「あっ、うう…んんっ、あああぁ…っ」

シーツに這わされ、腰を高く上げさせられた暦は、口の端から唾液を滴らせながら喘ぐ。たっぷりと乳首を責められた後は、また尊の愛戯《あいぎ》によって屈服《くっぷく》させられていた。

双丘の肉環をこじ開けられ、二本の指が暦の中に入っている。オメガの特質により、勝手に潤う肉洞は尊の長い指でかき回され、じゅぷじゅぷと卑猥な音を立てていた。そして股間ののにも指を絡められ、根元から扱《しご》かれている。

「あっ、あっ…ああっ、そ、それ、だめ、だめ、あ、一緒、は…っ！」

暦は前後を同時に責められて受け止めきれない快感に悶えた。乳首への責めにより触って欲しくて仕方がなかった下肢は、その愛撫を悦《よろこ》んで迎え入れ、すでに二回達している。肉茎を握っている尊の指からは暦が吐き出した白蜜が滴っていた。

「あ、あ、くうぅうんんっ……！」

内壁を指で擦られる快感に我慢できず、暦はまた達した。ぶるぶると下肢を震わせ、尊の指の間からまた愛液が零れる。イっている間にも我慢できない場所を、ぐっぐっと指で押され、

「ああああ」と啜《すす》り泣く。

「気持ちいいか？」

「ああっ、おかしく、な…っ、も、もうっ、許し、て…っ」

「お前は、俺に挿《い》れられている時も許してと言うじゃないか」

「し、知らな…っ、そんな…のっ」

我を忘れている時に口走ったことなど覚えてはいない。もっとも覚えていたら羞恥で死にそうだが。

「わがままなやつだ」

「んああんっ……！」

肉茎の丸い先端を指で撫で回され、指先まで甘く痺れる。腕で身体を支えていられなくなり、がくりと上体が落ちた。すると内部からゆっくりと指が引き抜かれる。

「ううっ……」

「挿れるぞ」

暦は歓喜に身体を震わせた。だがこれ以上の快感を与えられて、正気でいられるだろうか。

暦のそんな懊悩《おうのう》をよそに、肉環の入り口に男根の先端が押し当てられた。腰から背中にかけて、ぞくぞくと波が這い上がる。

「ああっ」

ぐぬ、と肉環がこじ開けられた。その瞬間に暦の全身に震えが走る。尊の長大な凶器のようなものが遠慮なしに入り込んできた。

（あ、駄目だ、イく）

暦は挿入の衝撃だけであっけなく達してしまう。切れ切れの泣くような声を上げ、奥を突き進む彼のものをきつく締めつけるのだ。

「ぁ、あ――――…っ」

「っ……、またイったのか。仕方のない奴だ」

どこか笑いを含んだような、色めいた彼の声。彼のものは暦の肉洞にみっちりと収まっていた。いっぱいにされて、ただ入っているだけでも感じてしまう。

（俺の中が今、尊様の形になっている）

そう思うと、奥の方からひくひくと内壁が収縮した。

「さあ、犯すぞ。覚悟しろ」

楽しげな尊の声。次の瞬間、入り口から奥までを、ずうん、と突き上げられた。

「あ、ひっ、――――っ」

脳天まで突き抜ける快感。暦は喉を反らし、嬌声を上げる。尊は何度も、暦の中を確かめるように抽送《ちゅうそう》を繰り返した。ずりゅ、ずりゅと肉洞を擦られる度、我慢できない快感が込み上げる。

「あ…あっ、あぁぁあうう……っ」

速くされるよりも、ゆっくり動かれるほうがたまらなかった。身体中が総毛立って、下腹の奥が煮えたぎっている。

「は…ああっ、尊様、たけるさま……っ」

暦は彼の名を呼んだ。まるで縋《すが》るように。

「す、ごい…っ、気持ち、いい……っああ…っ」

「……俺もだ、暦……っ」

尊もまた暦の名を呼んだ。繋《つな》がっているところが火のように熱い。

「んん、んん……っ」

背後から顎《あご》を摑まれ、貪《むさぼ》るように口づけられる。そんなことにひどく興奮してしまい、暦はまた内部をきつく締めつけた。それを振り切るように尊の腰が動く。

「は、ああ…あっ、い、く、いくうぅ……っ、~~~~っ」

「ぐ……っ！」

暦の全身が火だるまのように上気して痙攣した。焦げつくような、それでいて蕩けるような絶頂。奥歯を嚙みしめるようにしてそれを味わっていると、内奥に熱い飛沫が叩きつけられる。

「あ、あ、あああ…っ」

どくどくと注がれるそれが暦の腹を満たす。子が出来たらどうしよう。愛人なのに。そんなことを思うと、どうしてだか胸が締めつけられた。

身体から力が抜け、はあ、はあと荒く息をつく。尊が出て行く気配はなかった。脚を摑まれ、ぐるりと身体を反転させられる。繫がったまま体位を変えられて暦が声を上げた。

「ああ…っ」

ぐちゅん、と淫らな音が響く。肉洞に出された尊の精が中でかき回された。仰向けになった暦に彼が覆《おお》い被《かぶ》さってくる。抱きしめられると深い息が漏れた。

「暦」

彼の声に目を開けた。額に汗した尊の顔が間近にある。

「熱いな、お前の中は。熔《と》けそうだ」

ゆっくりと、再び律動が開始される。背骨を舐め上げる快感に下肢が震えた。

「ああ……、尊様…っ、気持ちいい……っ」

「もっとよくしてやる。何も考えられなくなるくらい」

忘我《ぼうが》の喘ぎに返された言葉。もうとうに何も考えられなくなっている。次第に力強くなる抽送に恍惚《こうこつ》となりながら、暦は尊に肉体のすべてを明け渡した。


「――――起きなくていい。寝ていろ」

次に目を覚ました時、尊《たける》がスーツに着替えてネクタイを結んでいたのを目にした。暦《こよみ》が慌《あわ》てて起きようとすると、それを尊が制する。

「会食に行ってくる。終わったらすぐに戻ってくるから、いい子にしていろ」

暦は裸《はだか》のままだった。昨日はあれからどれだけ交《まじ》わったのか、食事もせずに気を失うようにして眠りについたので、空腹も覚えている。

「腹減ってるだろう。キッチンにあるものを何でも好きに食え。冷蔵庫にシチューもある」

そう言って尊は上着を羽織《はお》った。

「行ってくる」

「い、いってらっしゃいませ」

尊は寝室を出ようとして足を止め、ベッドの上の暦のところまで戻ってきた。尊の腕が伸ばされる。

「――――」

唇が軽く触れた。それはすぐに離れる。暦は呆然《ぼうぜん》とした。見上げた尊はどこか照れくさそうな、ぶっきらぼうな表情を浮かべている。

「じゃあな」

尊は今度こそ足早に出て行った。取り残された暦はしばし固まっていたが、やがて我に返った。時間を確認すると十一時を回ったところだ。

空腹だったが、とりあえずは身体を洗《あら》いたい。浴室に入ると昨夜《ゆうべ》のことが思い起こされて少し赤くなった。熱いシャワーを浴びると気だるさも取れ、頭もすっきりしたような気がする。

着替えた暦はキッチンに入った。何でも好きに食えと言われたのでパントリーをのぞくと、パンやらレトルトやら果物がある。巨大な冷蔵庫を開けると、鍋《なべ》にビーフシチューが入っていた。

もしかして尊が作ったのだろうか。

暦はありがたくシチューを温め、パンと一緒に食べた。シチューは美味で、ついおかわりをしてしまった。

食べ終わると皿《さら》を洗い、リビングに戻る。壁《かべ》の大きな窓《まど》から日が差し込んでいるのに気づいて窓辺に寄った。出窓に腰を下ろして外を眺《なが》める。

「うわ……」

空がこんなに近くにある。最上階の眺望《ちょうぼう》は抜けていて、怖いくらいだった。

――あの人は朱雀《すざく》の獣人《じゅうじん》だから。

だからこんな高いところに住んでいるのだろうか。

鎌倉《かまくら》の屋敷《やしき》も高台に位置しているので景色はいいほうだが、ここは高さがまるで違っていた。

（そういえば朱雀の獣身《じゅうしん》って、どんな姿なのだろう）

朱雀は現実にはいない生き物とされる。だから暦には彼の獣身がどんな姿なのかわからない。孝造《こうぞう》の獣身も目にしたことがなかった。獣人の中で、空想上の生き物は朱雀だけ。だから王なのだと、以前、孝造が教えてくれた。

見てみたい、と思った。

人間の彼もそれは男ぶりがいいが、本性《ほんしょう》であるという朱雀の姿はいったいどんなものなのだろう。

――儂《わし》らはな、戻れないんだよ。

だが、暦は孝造の言葉を思い出した。

――戻り方を忘れてしまった。あるいは資格をなくしたのかもしれん。遙《はる》か昔、まだ獣身になれた頃、朱雀は確かにこの世界にいた。だが今は空想上の生き物とされている。誰もがそう思っているから、戻れなくなった。

あの時は孝造が何を言っているのか、よくわからなかった。今もそうだ。抽象的《ちゅうしょうてき》で概念的《がいねんてき》で、理解が及《およ》ばない。

――息子の側にいてやって欲しい。

尊の父親はそう告げた。

――そのためにお前を囲った。まあ、味見くらいはさせてもらってもバチは当たらないだろう。

孝造はそもそも、最初から暦を尊に渡すつもりだったのだろうか。

尊が運命の番《つがい》だということは出会った時にわかった。けれど、獣人の王と人間の運命の番なんて、そんなことがありえるのだろうか。もし他に尊にとってふさわしい番が現れたとしたら。その時に暦が彼の番になっていたら、目も当てられないことになる。だから未《いま》だに尊とは番になれない。

そんな自分の臆病《おくびょう》さに、暦は唇《くちびる》を噛《か》んだ。

どれくらい時間が経《た》ったろうか。部屋のドアが開いて、玄関から尊が帰ってきた。

「帰ったぞ」

「おかえりなさいませ」

暦は彼を出迎《でむか》える。本当に会食が終わったらすぐに帰ってきたらしい。まだ三時を過ぎたところだ。

「今日の予定はもういいんですか？」

「ああ、本当は今日だって完全休みのはずだったんだ。これ以上働いてたまるか」

そんなふうに毒《どく》づく彼に、暦は思わず笑ってしまった。

「お疲れ様でした」

「あ…ああ」

彼は暦を見て、少し戸惑《とまど》ったように返事をする。

「どうかなさいましたか」

「いや、そんな言葉をかけてくれたのは初めてだったような気がしてな」

「そうでしたか？」

「普段のお前ときたら生意気《なまいき》で、素直なのはセックスの時ぐらいだ」

いきなり直截《ちょくせつ》なことを言われて、暦は絶句《ぜっく》した。目の前の尊を思わず睨《にら》む。

「ほら、またそんな顔をする」

「……っそんなことを言われたら、当たり前です！」

言い返したが、尊は何がおかしいのか、声を上げて笑った。

「で、今日は何をしていたんだ？　退屈《たいくつ》しなかったか？」

こちらを気にかけている優しい声。初対面の時のどこか苛立《いらだ》っていたような彼とは違う。もっとも暦も尊に対する態度は大きく変わってはいるが。

「起きて食事したりして、あとはだいたい窓の外を見ていました」

「窓？」

「景色がすごく高くて。鎌倉とはずいぶん違うなって」

「……ああ」

尊は暦の視線を追うように窓外に目をやる。

「高いところに住むのは、やっぱり朱雀の獣人だからなのですか？」

「どうだろうな」

尊の返答はどこか彼らしくもなく、妙《みょう》に曖昧《あいまい》なものだった。

「――朱雀の一族は、今は獣身になれない。親父から聞いてないか？　俺たちは今、朱雀の姿になれないんだ。もうずっと」

獣人は普段は人の姿をとっているが、自分の意志で、いつでもそれぞれの獣《けもの》になれる。そういう認識だった。

「それはどうしてですか」

「おそらく、俺たちだけが実在しない獣だからだろう。人間と混ざって生きているうちに、それを忘れてしまったんだ」

本来の姿に戻れない。それはどんな気持ちなのだろう。

「それでも朱雀は獣人の王として君臨《くんりん》してきた。遙《はる》か昔にはこの空を飛んでいたんだろう。朱雀がいつしか空想上の存在と言われるようになる頃、変身の能力を失った。もう一度、その力を取り戻すには、おそらくなんらかのファクターが必要だ」

ファクター。因子《いんし》。そのきっかけとなるもの。

暦は尊が失ったとされる朱雀の姿を想像してみる。けれど本当のそれは、暦の頭の中にあるものよりも、ずっと素晴らしい姿なのだろうと思った。


「送っていく」

「一人で、電車で帰れます」

日曜の午後、鎌倉の屋敷に戻ろうとする暦を、尊は送っていくといって譲《ゆず》らなかった。

「駄目《だめ》だ。言ったろう、アルファがいたら危ないと」

「でも薬も飲んでますし」

「万が一ということがある。もし襲《おそ》われでもしたら、お前の過失になるんだぞ」

アルファがオメガフェロモンによって凶行《きょうこう》に及《およ》んだ場合、その責はオメガにあるとされる。オメガにとっては理不尽《りふじん》極まりない法律だが、アルファ自身もオメガのフェロモンには逆らえない。世の中がアルファによって成り立っている以上は仕方のないことなのかもしれなかった。

「どうしても、というのなら、今この場で噛《か》んでやる」

それを言われると弱かった。暦は諦《あきら》めて折《お》れる。

「……わかりました。お願いします」

「そんなに俺に噛まれたくないのか！」

「どうしろって言うんですか」

言うことを聞いたのに、機嫌《きげん》を損《そこ》ねる男に暦は少し呆《あき》れた。

尊は暦を番にしたいらしい。無茶《むちゃ》なことを言う。自分のようなものなどが王の伴侶《はんりょ》になんてなれるはずがないのだ。運命などというものだって当てにならないと思う。

それでも素直に彼の車に乗り、鎌倉の屋敷へと戻る。一時間ほどで到着するので、週末に通うのも、それほど負担ではないのかもしれない。

敷地に入り、車寄せに近づくと、玄関に何人かの男の姿が見えた。どうも家の者と言い争っているような空気だ。

「何だ？」

尊は怪訝《けげん》そうに近くに車を停《と》めた。男達が一斉《いっせい》にこちらを向く。暦もためらいながらも彼に従って降りた。

「何者だ、お前らは」

「――――尊様、ですね」

「現在のご当主で間違いはないですか」

「だとしたらどうした」

男達は尊の前に来ると、彼をじろじろと見回す。後ろでは家の者が、はらはらとした表情で見守っていた。

「僕たちも、朱雀の血に連なる者なんですよ」

「この度、お父さんが亡くなったでしょう。僕らもお葬式《そうしき》に行ったんですが、見覚えないですか？」

「知らん」

尊は傲岸不遜《ごうがんふそん》に言い放った。

「お前ら、どうせ親父があちこちで作った愛人の子供だろう。どうせ遺産《いさん》の金が足りないとか、そんな用件じゃないのか」

尊の言葉に男達は口籠《くちご》もった。どうやら図星らしい。尊はと言えば、心底面倒そうにため息をつく。

「ちゃんと弁護士《べんごし》から連絡がいったろう。取り分はあれで全部だ。追加はない」

「そっ…、それはないんじゃないのか！」

彼らは一斉に抗議《こうぎ》の声を上げた。

「俺の母親は、突然、手切れ金を渡されて、それから一切《いっさい》連絡を絶《た》たれたんだ。かわいそうに。

それが原因で酒に溺《おぼ》れてしまった」

「うちは、事業がうまくいかなくて」

「仕事がないんだよ。少しでいいから都合して欲しい」

口々に自分の窮状《きゅうじょう》や要望を訴える男達を、尊はひどく不機嫌そうな顔で見下ろす。

「だからどうした」

「どうした、って……！」

「血を分けた兄弟じゃないか。母親が違うだけで」

「なんとかしてやろうと思わないのか！」

「――――まったく思わん」

すげなく言い捨てた尊を前に、彼らは一瞬絶句《ぜっく》した。

「お前達は朱雀の一族だというが、我々の血族だというならば自分の力でどうにかするがいい。他人を当てにするな」

そもそも、と尊は続ける。

「朱雀の血を引く者が、そんな、うだつの上がらないことになっているというのがおかしい。お前達は本当に親父の子なのか？」

あざ笑うような響《ひび》きだった。男達がいっせいに気色《けしき》ばむ。暦はもう、見ていられなかった。

そこまで貶《おとし》められては、彼らも冷静ではいられないのではないだろうか。

「き、貴様……！」

「よせ」

中の一人が尊に摑《つか》みかかろうとしたが、仲間に押しとどめられる。

「どうした、かかってきてもいいぞ。どうせ地面に倒れるのはお前らのほうだ」

「は、さすが朱雀の王は違うよな。確かにそうだ。俺たちじゃ多分、あんたには敵《かな》わない」

「多分、じゃなくて事実だ」

尊はあくまでも容赦《ようしゃ》がない。暦と初めて会った時でさえ、こんな見下すような態度は取らなかった。

「ああそうだな。その後ろにいるのもあんたの番か。だがそいつ、確か親父さんの愛人じゃなかったか？」

「――――」

暦の肩がびくりと震える。

「愛人まで相続したってわけか。こりゃいいや。親父さんのお下がりでも大事に使うのはいいことだ」

暦に対して向けられる言葉はひどいものだったが、そんなものは愛人になった時から覚悟していたことだった。所詮《しょせん》、自分は日陰《ひかげ》の身なのだ。暦は心を石にして感情を凍《こお》らせる。

だが、尊は違った。

「――言いたいことはそれだけか」

尊が凄《すご》む。びりびりと空気が振動するような怒気《どき》が発せられて、男達はそれに呑《の》まれた。これが獣人の王の持つ覇気《はき》。暦はそれにあてられ、息が止まりそうになる。

「帰れ。それとも、病院送りのほうがいいか」

「――わ、わかったよ」

尊の本気の怒気を感じ取って、さすがに彼らもこれ以上はよくない、と察したようだった。慌《あわ》てて立ち去る男達の背中を尊はもう見ることもない。

「また来るようだったら警察《けいさつ》を呼べ」

「承知《しょうち》いたしました」

家の者は、ほっとしたように頭を下げると、家の中へ戻っていった。尊の眉間《みけん》にはまだ深い皺《しわ》が刻《きざ》まれている。

「……尊様」

暦が声をかけると、彼は、はっとしたように表情を緩《ゆる》めた。

「今の人たちは」

「親父が死んだことで、どさくさに紛《まぎ》れておこぼれに与《あずか》ろうっていう輩《やから》だろう。愛人の子だっていうのも多分でまかせだ」

「そう、なんですか?」

「親父は面倒なことにならないよう、直系以外の子は作らないようにしていたからな」

そういえば、暦は数少ない孝造との行為の時、避妊《ひにん》だけはさせられていたことを思い出した。

「でも、あんなふうに怯《おび》えさせて、追い返すのはよくなかったのでは？　弁護士《べんごし》さんとかにお任せしたほうが……」

そう言うと尊は眉《まゆ》をつり上げる。

「お前に対してあんな口を叩《たた》かれて、懇切《こんせつ》丁寧に応対しろというのか？」

「俺はいいんです。あの人たちの言っていることは本当のことです。でも、尊様は王なのですから、もう少し考えられたほうがいいです。俺の扱《あつか》いとか――」

「お前の扱い？」

「……尊様は俺に甘すぎます」

最初の頃はともかく、今の尊はまるで暦を恋人のように扱う。そしてそのことを嬉しく思ってしまっている自分がいる。それが怖い。暦に自分の立場を忘れさせてしまう。

「どういう意味だ」

「俺はあなたの恋人じゃない」

そう言った時、尊の顔から一瞬表情が消えたような気がした。どこか傷ついたようにも見えたその顔が、やがて怒りの色に染まる。

「俺は」

尊は言葉を詰まらせるように言った。

「俺はお前を、番にしようと」

「駄目です」

暦は首を振る。

「俺は人間で、愛人です。あなたの番にふさわしくない」

「……まだそんなことを言っているのか」

尊の怒気が伝わってくる。さっきとは微妙《びみょう》に違う、どこか悲しみを含《ふく》んだような感情の塊《かたまり》。それらが暦を責めてくる。

暦は答えずに目を伏《ふ》せた。恭順《きょうじゅん》を表す仕草《しぐさ》。暦は彼のものになったが、心まで繋《つな》げるわけにはいかない。行為の最中の甘い言葉を本気にしてはいけないのだ。

「来い！」

「あっ」

だがそんな暦の態度が気に入らないのか、尊は強引に暦の腕を掴むと、屋敷の中に入っていった。廊下をどんどん進んで奥座敷《おくざしき》へ、そして暦が生活している部屋に連れてこられた。

「っ」

どん、と押されて畳《たたみ》の上へ倒れ込む。尊は後ろ手で襖《ふすま》を閉めた。

「俺の何が気に入らない」

「……っそういうことでは」

「そうだろう。俺のことが気に入らないから、お前は俺よりもあんな奴らの言うことを本気にするんだ」

「違います。もともと思っていたことです。あなただってそうだったでしょう」

「俺は！」

彼は気色ばんで言った。

「最初は気に入らなかった。唯々諾々《いいだくだく》と親父から俺に譲《ゆず》られて、それを当然のように受け入れようとするお前が」

「……」

「お前は違う。最初から違う。俺とお前が運命だって、親父はきっとわかっていたんだろう。俺より先にお前を見つけて、お前に手をつけた。気に入らない」

尊はまるで駄々っ子《だだっこ》のように、気に入らない、気に入らないと繰り返す。

「俺の番になれ」

彼にしてみれば、おそらく求婚《きゅうこん》にも等しい言葉なのだろう。告げられたそれに、だが暦は小さく笑《え》んで拒絶《きょぜつ》した。

「そうか、なら――」

尊は、ぐっと拳《こぶし》を握りしめ、暦を見下ろす。その瞳には昏《くら》い炎《ほのお》が宿っていた。

「お前のことをそれなりに扱う」

「！」

組み伏せられ、思わず息を呑んだ。嚙みつくような口づけに襲われて目眩《めまい》を感じる。舌根が痛むほどにきつく吸《す》われて頭の中が濁《にご》った。

「んん、ん……ん…っ」

容赦なく浴びせられる強いフェロモンに肉体は昂《たか》ぶっていく。常よりも明らかに乱暴にされているというのに、身体は確実に尊に応《こた》えていた。内奥が濡《ぬ》れてくる感覚。

服をはだけられ、乳首に嚙みつかれる。

「ああっ！」

敏感《びんかん》な突起《とっき》を過剰《かじょう》に虐《いじ》められて全身が震《ふる》えだした。そこはいつもなら丁寧《ていねい》に舐《な》め回され、指先でくすぐられて、腰の奥が疼《うず》くほどにねっとりと感じさせられる。それなのにいきなり強くねぶられて、強い刺激を与えられて、身体の中心にいきなり電流を流されたみたいだった。

「あ、あっ、あっ！　…くう…っ」

それでも暦の身体は感じてしまう。そんな暦を、尊は言葉でも嬲《なぶ》ってくる。

「こんなふうにされても気持ちがいいか？　いやらしい奴だ」

「や、あっ…、ア、だめ…っ」

時折《ときおり》、歯を立てられながら乳首をしゃぶられ、もう片方も強く摘《つ》まみ上げられながらこね回される、胸の先から強い刺激が全身を駆《か》け巡《めぐ》った。下半身が、がくがくとわななく。

「んぁあっ！ そ、そん、な…っ、あ、あああぁあっ」

乳首で快感《かいかん》が弾《はじ》ける。身体中に広がる刺激に暦は、あっという間に極め、畳《たたみ》の上で仰《の》け反《ぞ》った。下肢《かし》はまだ脱がされておらず、下着の中で吐精してしまう。

「んっ、うっ、うう…う…っ」

「乳首でイったのか？」

淫乱《いんらん》め、と尊の声が耳の中に注がれた。背筋《せすじ》を撫《な》でられたようにぞくぞくと快楽《かいらく》の波が這《は》い上る。

「下着が汚れたろう。見せてみろ」

「あ…っ、だ、駄目…っ！」

暦は羞恥《しゅうち》に抵抗した。だが一度達してしまった身体は力が入らない。下肢の衣服は下着ごと引き下ろされ、力尽《ちからづ》くで両足を広げられ、濡れた秘部を彼の前に晒《さら》してしまうことになった。

「あ……っ！」

「たっぷり出したんだな」

ぐっしょりと濡れたそこは、白蜜が尻のほうまで滴《したた》っていた。尊がその肉茎を握り、根元から扱《しご》き上げてきて、暦は快楽の悲鳴を上げる。

「うあぁ…っ、ああ……っ」

「そら、気持ちいいんだろう?」

「ん、んっ……、はっ」

出したばかりのそれを、ぬるぬると扱かれて腰が砕《くだ》けそうだった。鋭敏《えいびん》な先端《せんたん》を、そこだけは優しく撫で回される。いっそ意地悪《いじわる》なくらいに。

「や、やあっ…、やっああっんっ!」

刺激の強さに身体が跳《は》ね上がる。耐《た》えきれずに漏《も》れる声は、それでも歓喜《かんき》を表していて、尊の口元に嘲笑《ちょうしょう》めいたものが浮かんだ。

「淫乱なオメガめ」

「ひうっ」

くちゅ、と暦のものの先端から愛液が零《こぼ》れる。小さな蜜口に指先をねじ込むように虐められて、鋭《するど》い快感《かいかん》が全身を何度も貫《つらぬ》いた。

「ああっあ――――っ」

暦の背が大きく仰け反る。畳の上に爪《つめ》を立てながら、腰をがくがくと痙攣《けいれん》させた。耐えきれずに噴《ふ》き上げてしまった白蜜が尊の手を濡らす。

「……親父にもこんなふうに腰を振ってみせたんだろう」

「あ、あ」

違う、と言いたかったのに、呂律《ろれつ》がうまく回らない。こんなに感じるのは彼だけなのに、尊

は暦を、誰にでもそうなのだと思っている。

「……っふ」

混濁《こんだく》した意識の中、ふいにおかしくなって暦は笑った。彼にはわからない。暦がどうして番いになるのをためらっているのか、彼の父親との関係が本当はどうだったのか、それはわかり合えないことなのかもしれない。

彼とは何もかも違う。アルファとオメガ、獣人の王と人間。気持ちさえあれば、もしかしたらわかり合えるのかと思ったこともあった。けれどそれは儚《はかな》い希望でしかなかった。

尊はどこまでも支配する側で、暦は支配される側でしかない。そんなことにまだ気づいていなかった。こんなことをされるまで。

「……何がおかしい」

「尊様は、何をそんなに旦那様《だんな》に嫉妬《しっと》されているのですか」

暦がそう言った時、尊の顔色が変わった。

「俺が旦那様にどんなふうに抱かれていたか、お知りになりたいのですか」

「お前っ……」

「知りたいのなら教えて差し上げますよ。旦那様は俺の弱いところをいつも優しく虐めてくださいました。挿《い》れる時もとても上手くて、俺は何度も何度もイって――」

次の瞬間、尊のものが暦の体内に容赦なく突き立てられた。

「んああっ！」

脳天まで突き抜けるような刺激に、暦は悲鳴を上げる。尊はそのまま激しい抽送《ちゅうそう》を繰り返し、暦の入り口から奥までを突き上げた。揺さぶられる度に死にそうになり、暦は奥歯を噛みしめる。

「あ、う、あああっ…、ああっ！」

さっき尊に言ったことは嘘《うそ》だった。そう言えば、彼が怒るだろうと思ったからだ。いっそもう嫌われてしまったほうがいい。運命の番だって駄目になる時は駄目になる。そもそも無理な話だったのだ。

「は、あっ！　ああっ、ああっ、もっ、と……っ！」

わざと奔放《ほんぽう》に振る舞い、尊を煽《あお》る。彼はそれに応えるように暦の腰を乱暴に摑み、荒々《あらあら》しく突き上げてきた。

そんな行為にさえ、激しい快楽を感じてしまう自分は、尊の言うとおりの淫乱なのかもしれない。

やがて内奥に熱い飛沫《しぶき》を受けた暦は、自身もまた強烈《きょうれつ》な絶頂に見舞われ、とうとう意識を手放してしまった。

ふと目が覚めた時には、尊の姿は見えなかった。

肌寒さを感じて暦は半身を起こす。無理な扱われ方をしたせいか、身体の関節《かんせつ》が、ぎしぎしと鈍《にぶ》く痛んだ。身体の上に、脱がされた衣服がかけられていたことに気づく。それを見て、暦はため息をついた。

――嫌われてしまったろうな。

当然だ。自分は彼を拒絶したのだから。あんなにひどいことを言ってしまって、きっと彼のことを傷つけた。いや、暦などの言うことに傷つくメンタルは持っていないだろう。尊は獣人の王であり、そんなことは些末《さまつ》なことだ。ただ、不快《ふかい》に思い、怒らせてはしまっただろう。それも決定的なほどに。

(もう、ここにはいられないな)

暦は着替えると最低限の荷物だけをバックパックに詰めて、置き手紙を書いて、そっと部屋を出た。窓からは月の光が煌々《こうこう》と差し込んでいる。時刻《じこく》を確認すると、鎌倉から出る終電には間に合いそうだった。

尊の車はないようだ。きっと彼も帰ってしまったのだろう。

暦はそっと屋敷を出る。

月の光の中、暦は足音を忍《しの》ばせて庭を駆け抜けた。

「緊急連絡先もないとなると、ちょっと難しいのですが……」

カウンターの向こうで若い男が困った顔で暦を見た。

「どなたか親戚の方とかでもいいので、いらっしゃいませんか？」

「それが、いないんです……」

甘かった、と暦は思った。

孝造の愛人になってから、暦には月々の手当が振り込まれていた。屋敷にいると衣食住にかかる費用はほとんどないので、暦の口座には金が貯まる一方だった。一財産と言っていいほど蓄《たくわ》えがあるので、当面の生活は心配ないだろうと思っていたのだ。

だが、部屋を借りるには最低でも緊急連絡先がいる。天涯孤独《てんがいこどく》であり、あの屋敷を出てきてしまった以上、暦には繋がっている他人という者は存在しない。

「探してみます。どうもありがとうございました」

「またいつでもお越しください」

営業の男は、暦に何か事情があると推測《すいそく》したらしく、同情的な表情で見送ってくれた。

「……ふう」

不動産屋を出て、思わずため息をつく。

昨夜《ゆうべ》、屋敷を出てとりあえず東京まで出てきた。その夜はカプセルホテルに泊まり、一夜明けてから部屋を借りようと不動産屋に入ってみたが、保証人《ほしょうにん》は保証会社を使ってどうにかなるとしても、緊急連絡先という壁《かべ》が立ち塞《ふさ》がった。大家からしてみれば当然のことだが、他にも単身のオメガを嫌がる大家もいると言われて、暦は自分がこれまでいかに保護されて生きてきたのかを思い知ることとなった。

（――どうしよう）

中古のマンションでも買えないことはないが、そうなると今度は手元の資金が薄くなる。この先、一人で生きていくとしたら何があるかわからず、資金はなるべく残しておきたかった。

（……またあそこに戻れるかな）

暦がかつていた、山奥のオメガの保護施設《ほごしせつ》。暦が孝造の屋敷に身を寄せることになって結局出てくる形になってしまったが、一度あそこに戻って状況《じょうきょう》を立て直すというのはどうだろう。暦はスマホでその施設を検索《けんさく》してみた。あった。まだ稼働《かどう》しているようだ。そしてトップページにある文章が目に止まる。

『スタッフ募集中。住み込み可』

それはまさに渡りに船のような言葉だった。暦は手元の端末で急いでその施設に電話をかける。

「あの、以前そちらにいた者なんですが――」

暦はこの時、自分の人生が繋がった、と思っていた。


幸いにも暦がいた時のスタッフや管理者が何人かいてくれて、彼らは驚《おどろ》きつつも暦を快《こころよ》く迎えてくれた。

「よく来てくれたね。あの時は心配していたんだよ」

「すみません。ご心配をおかけしました」

施設の責任者は今は五十歳近い、金田《かねだ》という男だ。温厚で、声を荒《あら》げたところを決して見たことがない。あの日も行く当てのない暦を温かく受け入れてくれた。

「で、何があったのかな？」

「実は……」

暦は金田にかいつまんで事情を話す。さすがに尊のところを出てきた詳しい理由までは話せなくて、やや誤魔化《ごまか》した形になった。それでも金田は納得してくれたようだった。

「なるほど、大変だったんだね」

「いえ、俺は恵まれていたほうでした」

オメガというだけで、いわれのない理不尽な行為を強《し》いられる者もいる。彼らと比べたら、自分の身に起こった小さな瑕疵《かし》などはどうでもいいことなのだ。もったいないことを、という者もいるかもしれない。わがままだ、と思う者もいるだろう。そう言われれば反論もできないが、今の暦にとっては、どうしても退《ひ》けないことだったのだ。

「俺は思い上がっているでしょうか。望まれているのに、わがままなことだと」

金田は少し困ったような顔で暦を見た。

「私はベータだからね。オメガの君たちの苦労はわからないよ」

湯飲みを手に取り、彼は緑茶を口に運ぶ。

「それでも、その他大勢の人のように、君たちだって感情のある一人の人間だ。納得できるよう、思うように生きたらいいさ」

「金田さん……」

「そのためにここを足がかりにするといい。まあ、少しは仕事を手伝ってもらうけどね」

「はい！　なんでもやります！」

意気込んで返事をする暦に、金田は笑ってみせた。

次の日から、暦は積極的に力仕事も引き受け、忙しく立ち働いた。以前いたことがあるため、仕事はなんとなくわかっている。あの頃よりもスタッフの数が少なくなっているので、やることはいくらでもあった。一日中、慣れない仕事に没頭《ぼっとう》して、夜は疲《つか》れ果てて夢も見ずに眠る。それが逃避《とうひ》だということは暦にもわかっていた。だが、そんなふうにいくら忙しくしていても、ふとした時に彼のことを思い出す時がある。あれは切なくも幸せな記憶だった。今ならば、あれは確かに優しくしてもらったのだと理解できる。尊は一見、威圧的に見えるが本当は優しい男だ。その優しさを自分にも分けてもらえて光栄だったと思う。

(でも、だからこそ)

彼はしかるべきふさわしい相手と番《つが》わなければ駄目だ。

俺は運命の相手と出会えて幸せだったから。

都会から離れ、山の空気に囲まれて、オメガ達の世話をして暮らし、ひと月ほどが経過した時だった。

「暦君、お客さんが来たから会議室にお茶を五つ頼むよ」

「わかりました」

返事をし、暦は食堂でお茶を淹《い》れた後、会議室まで運ぶ。時々、オメガの子が引き取られることがあるので、こういった業務はたまにあった。

今回は誰が引き取られて行くのだろう。どうか幸せになるといいな。

そんなことを思いながら会議室の扉《とびら》を開けた時、暦の動きが止まった。

「暦君ありがとう。さあ、入って入って」

金田が茶の載《の》った盆《ぼん》を受け取り、暦を部屋の中に促す。椅子《いす》に座っていた男達がゆっくりと立ち上がって、暦を検分するように眺《なが》める。この空気はまずい。良くないものだということが、暦の経験とオメガの本能でわかった。それに、この男達にはどこか――――見覚えがある。

「……金田、さん……？」

「どうです。二十歳は超えていますが、美しいでしょう。前の飼い主のところから逃げてきましてね。たまたま、うちにいたのでラッキーでした」

「……ん？　ちょっと待て、お前……」

男のうちの一人が暦を見て声を上げる。

「お前あの時の、蓮朱《れんじゅ》のジジイに持ってかれたオメガか」

「――――」

暦の脳裏に記憶が浮かび上がった。以前、この施設の近くの山で知らない男達に拉致《らち》され、外国に売られそうになったことがあった。その時の男の顔は、もう朧気《おぼろげ》になってはいるが覚えていた。どうして彼らがこの施設にいるのだろう。それも、金田と知り合いのような口ぶりだった。

「……金田さん、まさか……」

考えられることはひとつだった。

「暦君は賢《かしこ》いね」

金田は暦に向かってにこりと笑いかけた。いつもの温厚な笑顔が、今はひどく気味《きみ》の悪いもののように見える。

「うちの施設も、なかなか経営が大変でね。国からの補助金といってもたいしたことはないし、昔から苦労をしていたんだ。でも気づいたんだよ。うちには素晴らしい資源があるじゃないかって。日本人のオメガは向こうじゃ、けっこう人気らしいよ」

「あの時は逃げられて、うちの組織もけっこうな人数が逮捕《たいほ》されたが、やっぱり需要があるってな強いな。今度こそ、お前はとびきりの金持ちに売ってやる。変態《へんたい》石油王だ。嬉しいだろ」

衝撃的《しょうげきてき》なことを聞いて暦は愕然《がくぜん》とした。では昔、山の中であの男達に会ったのは偶然《ぐうぜん》ではなかったということか。ここにいるオメガ達はこうして捕らえられ、売られていたのだ。

「――――っ」

暦はとっさに出口を振り返った。だがドアの前には金田が立ち塞がっている。窓の前には男達がいて、とても突破《とっぱ》はできそうになかった。

「……っずっと前からこんな奴らと繋がっていたんですか」

「そうだよ。わざわざお前達オメガを引き取って、ただで飯を食わせてやったんだ。その恩《おん》返しと思えば安いもんだろう」

いつもの、思いやりに満ちた言葉を紡《つむ》ぐ金田とは思えなかった。いや、こちらが本当の顔なのか。

暦は激しく憤《いきどお》った。これまでにも、何人ものオメガ達が外国へ売られていったのだろう。彼らの無念《むねん》を思うとやりきれなかった。

「暦君も一度はアルファのもとで暮らして、こなれたことだろう。向こうでも楽しく暮らせると思うよ」

「……っふざけたことを、言うな…っ！」

この男達はオメガを何だと思っているのだろう。孝造も確かに暦を囲ってはいたが、ちゃんと人間らしい扱いをしてくれていた。彼のもとで学んだことは山ほどある。そしてその息子の尊には、これまで体験したことのない感情や感覚を教えてもらった。

暦は盆の上の茶碗《ちゃわん》を両手で摑むと、男達に向かって勢いよく中身をかけた。

「うわっ！」

「あちっ」

彼らが怯《ひる》んだ隙《すき》に、手薄な窓辺に駆け寄り、鍵《かぎ》を開けて窓を開ける。

「あっ、こいつっ」

「逃げるぞ！　捕まえろ！」

男達の手が伸びてくる。それは暦の腕を掠《かす》ったが、摑まれなかったのは奇跡《きせき》だと思った。会議室が一階だったのも幸運だった。暦は地面によろけながらも着地すると、そのまま施設の敷地内を走った。

「待て！」

背後から男達が追いかけてくる。暦は全速力で走ったが、足音はどんどん近づいてきた。

やがてすぐ後ろに荒い息づかいが聞こえ、襟首《えりくび》を掴まれた。

「うあっ！」

「捕まえたぞ、このっ……！」

全身に衝撃が走る。地面に引き倒されたのだ。肩と腹部に激痛が走って、暦は動くことが出来なくなる。それでもどうにか逃《のが》れようと、腕で地面を這って進む。すると身体を持ち上げられ、仰向《あおむ》けに倒された。

「逃げようとしてんじゃねえぞ、おらっ！」

横っ面《つら》に衝撃が走る。口の中に血の味が広がった。信じられないような暴力を受けて、暦はもはや呻《うめ》くことも出来ずにぐったりとした。

「おい、あんま傷つけんな。売り物だぞ」

男達が追いついてくる。だが暦を捕まえた男が忌々《いまいま》しげに言った。

「じゃあ、もう逃げられねえように足の骨《ほね》でも折《お》っちまおうぜ。それなら見た目的にも問題ないだろ」

「ああ、そうだな」

交わされた会話の内容に、暦の背中が凍りつく。足を折られたら、今度こそ逃げ出せないだろう。暦は死にものぐるいで暴れようとしたが、複数の腕にたちまち押さえつけられて、どうにもならなかった。口の中に何か布が押し込まれる。

「うぐっ……！」

「足を出せ」

右足を伸ばされ地面に押さえつけられる。どこから持ってきたのか、別の男が鉄の棒《ぼう》を手にしてやってきた。

「これでいいだろ」

「……っ」

暦は声も出せぬまま、危害を加えようとする男達を睨《にら》みつける。

せめて、みっともなく泣き喚《わめ》くような真似《まね》だけはすまい。

「おお、覚悟したのか。えらいえらい」

「なるべく痛くないよう、一撃《いちげき》で折ってやるからな」

これは罰《ばつ》か。彼のもとから逃げ出したことの。

ならば、甘んじて受けなければならないだろうか。

いや、だが、罰だというのなら。

──彼の手で下して欲しかった。

男が鉄の棒を振りかざす。

次に来るであろう激痛に備えた暦だったが、ふいに遠くのほうから車が走って来る音が聞こえてきた。男達もそれが聞こえたのか、音のする方向を見る。

(──あの車は)

見覚えのある車種だった。それがもの凄《すご》いスピードでこちらに向かってやってくる。

「おい、あれ」

「──突っ込んで来るぞ!!」

男達は一斉に暦から手を離し、その場から跳びすさった。暦も口から布を吐き出して起き上がったが、まだよく動けない。そして車は暦のすぐ側でタイヤ音を響かせて横向きに止まった。

エンジンが止まり、ドアが開き、そこから一人の男が降りてくる。

「──やっぱりここにいたか」

深くて低い声。心の底ではやっぱり会いたかった。男は暦の側に屈《かが》み込むと、殴《なぐ》られた頬《ほお》にそっと触れてくる。

「怪我《けが》をしているのか。痛いか」

「……っ、尊様…っ!」

自分から逃げたくせに、彼に会いたくてたまらなかったのだと思い知った。涙《なみだ》が滲《にじ》んで視界が歪《ゆが》む。

「探したぞ、暦」

尊はそっと、痛ましげに暦を抱きしめた。

「ずっとお前に謝《あやま》りたかった」

暦は尊の腕の中で首を振る。

「謝るのは…、俺のほう、ですっ…」

逃げたのは暦のほうだ。どんな誹《そし》りを受けても文句は言えないというのに、彼はこんなところまで探しに来てくれた。

切れた口の中に痛みが走って、うまく言葉を発せない。顔を顰《しか》める暦を、尊が心配そうに覗《のぞ》き込んだ。

「殴られたのか」

「お前、蓮朱尊《れんじゅたける》か」

男が尊に声をかける。彼はゆっくりと顔を上げた。

「孝造の息子だな。親父さんには世話になったぜ」

「お前達か。親父が言ってた小蠅《こばえ》ってのは」

尊の言葉に男達は色めき立つ。

「潰《つぶ》しても後から後から出て来ると言っていた。――――だがまあ、お前らを潰しきれなかった親父も大したことないな。年を取って鈍《にぶ》ったんだろう」

「――――なんだと」

「俺がきっちり潰してやる。お前達全員、一匹たりとも残さない」

その時、暦は、尊の身体からゆらりと立ちのぼる何かを見た。それはオーラのようで、深紅《しんく》の炎《ほのお》にも似ていた。

「は、獣人の王だか何だか知らねえが、イキった口叩くんじゃねえ。――――知ってるぜ。お前らは獣身になれねえんだろう」

男の言葉に暦は息を呑む。思わず尊を見上げたが、彼の表情は特に変わらないように見える。

「人間の姿のままなら、飛び道具さえありゃあ、怖くもなんともねえ。虎《とら》や狼《おおかみ》になられたら別だけどもな。だが、朱雀だ？　そんな生き物、この世にはいねえだろう」

男達の懐《ふところ》から出された拳銃《けんじゅう》が、尊に向けられた。暦は瞠目《どうもく》する。

「さあ、どきな。そいつは俺たちの獲物《えもの》だ。収獲《しゅうかく》が遅れたが、やっと出荷することができる」

その時だった。先ほど感じた尊からの熱波《ねっぱ》のようなものが急激に強くなったような気がした。

「暦、離れていろ」

「え」

彼がそっと囁《ささや》く。暦はよくわからないままに尊から距離を取った。男達が怪訝《けげん》そうにそれを眺める。

「朱雀の一族が獣身になれないっていうのはよく知られたことだ。お前達の言う通り、朱雀は存在しない。今はな」

だが、と彼は続ける。

「俺は今、生まれてから一番強く、獣身になりたいと思っている」

その瞬間、尊を中心に、ドン、と衝撃波のようなものが広がった。

「うわっ……！　何だ⁉」

「こいつを傷つけたこと、俺は絶対に許さない。こいつは俺のものだ」

尊の足下からオレンジ色の炎が立ちのぼり、彼を包み込む。それは一見すると尊が炎に包まれて燃えたように見えた。だがその炎は大きくなり、見上げるほどの火柱《ひばしら》となる。

「何だこいつ――――、燃えた⁉」

違う。

暦はその光景から目を離すことが出来なかった。

巨大《きょだい》な火柱が何かの生き物の形を取る。それはやがて左右に大きく広がった。まるで、鳥が翼《つばさ》を広げるように。

鋭い嘴《くちばし》。長い尾羽《おばね》。燃えさかる炎の中で、鋭い輝きを放つ目がゆっくりと開かれた。

「ひ、ひいっ……！」

「化け物！」

炎の中から突如《とつじょ》として現れた巨鳥は、朱雀だった。

見たことはないが、その圧倒的な姿を前にすればわかる。遙《はる》か古代から獣人の王として君臨《くんりん》してきた存在が、今目の前に現れた。

(――何て)

何て力強く、美しいのだろう。

その神々しさに、見つめる暦は知らず涙を零していた。

「う、撃《う》て、撃て!」

男達が朱雀の獣身となった尊に発砲《はっぽう》する。だが、その弾丸《だんがん》は尊に届く前にすべて燃え尽きて地面に落ちてしまった。

両翼が広がり、朱雀が飛翔《ひしょう》する。それが翼を強くはためかせた時、炎の玉が男達目がけて銃《じゅう》弾《だん》のように降っていった。

「うわあああっ!」

それは彼らの身体を掠めただけでバッと火が燃えうつる。男達は衣服を燃やす火を慌てて消し、たたらを踏んだ。

「に、逃げろ!」

「何言ってんだ。また獲物を逃がす気か!」

「馬鹿野郎、焼け死にたいなら好きにしろよ!」

怒号と悲鳴が飛び交《か》い、その後に男達は脱兎《だっと》のごとく、その場から逃げ出していった。

それを見送った朱雀は、ゆっくりと羽ばたきながら舞い降りてくる。その翼の先が頬に触れた時、温かな感触が伝わってきた。

――朱雀になれたんですね、尊様。

暦はそう呟《つぶや》いて、ゆっくりと意識を手放すのだった。

「――――入院なんて大げさですよ。大した怪我でもなかったのに」

「何を言っている。殴られたんだろう。頭を打っている可能性もある」

施設での事件の後に、暦が気を失ってしまった後、尊は後処理《あとしょり》で大変だったらしい。まだ片付いていないこともあり、暦は己《おのれ》のふがいなさを嘆《なげ》いた。

「あいつらはあの後、捕まえて警察に引き渡した。今度こそ末端《まったん》まで逮捕させる。親父に貸しだ」

もう亡くなっている者に貸しを作るなどと、尊はとことん父親をライバル視しているらしい。責任者の金田にも当然手錠《てじょう》がかかったので、早晩、新しい管理者が赴任《ふにん》してくるらしい。行き場のないオメガの居場所がなくなることがなくてよかった、と思った。

暦は、施設のある県で一番大きい総合病院に運ばれた。そのまま検査と怪我の治療《ちりょう》をしてもらったのだが、大事をとって三、四日入院することとなった。

「殴られた痕《あと》も、もう残ってませんし……」

「いいからおとなしくしていろ」

「……はい」

一語一語区切るように言われて、暦は肩を竦《すく》めて頷《うなず》くしかない。立派な特別室は広くて少し落ち着かないのだが。

だが何よりも、暦には気になっていることがあった。

尊が朱雀になれたことだ。

「あの、尊様」

「うん？」

「あの時、どうして朱雀になれたんですか」

そう聞くと、彼は腕組みをして上を向く。

「あれは俺にもよくわからない感覚だった」

どこかに繋がったような気がした、と彼は言った。

「他の獣人はおそらく自然に持っているものなんだ。ただ朱雀の一族だけが、長い時間の果てに忘れてしまっていた。だがあの時、お前が傷つけられたと思って、頭に血がのぼって……、そうしたら、何か凶暴な感覚が――――おそらく本能的なものだ。それが湧《わ》き上がってきた。多分もう、俺はなろうとした時に朱雀になれる」

人間の暦には理解できないことだ。

「それは尊様にとっていいことですか？」

「そうだな……。獣人の王としてはいいことなんだろうな」

「それならよかったです」

暦にとっては、尊が朱雀になれようがなれまいがどちらでもよかった。だが、あの時見た朱雀の神々しさは一生忘れることはないだろう。

「お前の存在があったからだと思うぞ」

「え？」

「朱雀は獣人の中でも特殊な存在だ。人間と共存して生きていくには、多少、本能を鈍らせる必要があった」

そうでなければ、朱雀の獣身の力はあまりに強大で人間を怖《おそ》れさせてしまう。それはすなわち、互《たが》いの間に溝《みぞ》を作ってしまうことになりかねない。

「だからいつしか、俺たちは獣身になる方法を忘れてしまった。ただでさえ朱雀になれるのは直系のみだというのに」

だがそんな朱雀にも、それを思い出す方法があった。

「運命の番だ。それも人間の」

「――――」

これまでも朱雀の直系は、運命の番と番ったことはあっただろう。だが相手はすべて獣人だった。

「親父は生きていた頃に、お前を見つけ、悟《さと》ったんだろう。俺の運命の番だと」

それはおそらく王が持つ直感のようなものだ。

「だが、それで何故、自分で囲うような真似を……。いや、俺がお前を自力で見つけ出すことが出来なかったせいか……」

尊が頭を抱えてしまったので、暦は慌てて声をかけた。

「あの、俺が旦那様に抱かれたのは片手で足りるほどです」

「……なんだと？」

尊が顔を上げて暦を見る。

「何だか尊様がすごく誤解《ごかい》していらっしゃるみたいなので……。確かに、俺は旦那様の愛人ではありましたが、尊様が思っているほどではないというか……、その、事があったのは事実なんですけど……」

「……」

尊が無言で暦を見つめ続けているので、次第に言葉がしどろもどろになった。

「じゃあ、お前、なんでセックスの時、あんなに」

「それは……尊様だからです……」

尊は自分の髪をぐしゃぐしゃとかき回した。視線をあちこちにさまよわせ、落ち着きがないように何度も足を組みかえる。

「だ、だから、回数としては、もう」

一晩に何度も挑《いど》んでくる尊との夜で、もう孝造との数を凌駕《りょうが》してしまっていた。

「本当か、それは」

暦は頷いた。

「一度でも経験があるのが嫌だとおっしゃるのでしたら、もうどうしようもないですが」

「いや、俺はそこまで狭量じゃないつもりだ」

「……どうでしょう」

「確かに、親父に嫉妬していたのは事実だ。すまん」

彼は素直に認めて謝ってきた。

「だからあの時、ひどい抱き方をしてしまったことは謝る」

「それはいいんです、もう」

「よくはないだろう」

「実際にあそこまで探しに来てくださって、助けてくださった。それだけでもうおつりがきます」

暦は控《ひか》えめに微笑《ほほえ》みながら言う。尊は一瞬絶句して、それから何かを耐えるような顔をしてから低く告げた。

「触《さわ》ってもいいか」

今度は暦の言葉が詰まる。触るとはどの程度までをいうのだろう。

「抱きしめたり、キスしたりしてもいいか」

「あ、は、は…い」

今更《いまさら》そんなことくらいで。

けれど尊に触れられるのが久しぶりなせいか、少し恥ずかしい。

それでも尊に抱き寄せられて、胸に顔を埋《うず》めると、どきどきしているのに安心する。

「ん……っ」

口を塞ぐ彼の熱い唇。最初は遠慮《えんりょ》がちだったそれは、何度か重ねる角度を変えていくうちに次第に大胆《だいたん》に、深くなっていった。

「…っん、は……っ、ふ、ぁ…っ」

口の中を舐め上げられ、舌を吸われる感覚に、ぞくぞくしてくる。うっとりと目を閉じた暦は半ば恍惚《こうこつ》として尊の口づけに応えた。

「俺の番になってくれ」

真剣《しんけん》に告げられた言葉に、暦は瞳《ひとみ》を開けて尊を見つめ返す。そこには熱い眼差《まなざ》しがあった。

「もう嫌なんて言わないよな？」

まるで懇願《こんがん》するように彼は畳《たた》みかける。暦はゆっくりと瞬《まばた》きをした。睫《まつげ》の先が濡れている。

「……本当に？　俺でいいんですか？」

暦とて叶《かな》うなら彼と添い遂《と》げたかった。だがこれまでは立場も身分も違うと気後れしていた。

「お前でなければ嫌だ。朝も夜も、お前と一緒に迎えたい」

「……尊様っ」

暦が尊の胸にしがみつくと、ぎゅう、と抱きしめ返された。それでも彼が思い切り抱きしめてきた時の力からすると、だいぶ弱いほうで、暦の身体を気遣ってくれているのだとわかる。

けれど今は、それが少しもどかしかった。

「……尊様」

「煽《あお》るな。これでも堪《こら》えているんだ」

「身体はもうなんともないです」

密着していると、互いの体温とフェロモンに包まれる。せめてもう少し触って欲しかった。

「尊様」

「――――あまり悪い子にしていると、どうなっても知らないぞ」

ふいに尊の低い声が耳の中に注がれて、暦はびくん、と身体を震わせる。それは行為のさなかによく聞く響きの声だった。

「ん……っ」

尊の大きな熱い手が病院着の上から身体をなぞってくる。久々に触れてもらえて嬉しかった。その指先に布の上から乳首を捕らえられる。

「あ、あ……っ、んっ」

「ここか」

くり、くり、と指先で突起を転がされ吐息が震えた。

「あ、ア、尊様、そこ…っ」

「ここを虐められるのが好きなんだろう？」

少し意地悪で優しい声に鼓膜《こまく》を撫でられ、暦は全身が熱くなる。両の乳首はもう布の下で固く勃《た》ち上がり、刺激を精一杯《せいいっぱい》受け止めていた。彼の言葉にこくこくと頷く。

「じゃあ、こうだ」

「あっ、あぁぁあ」

爪《つめ》の先でカリカリと何度も乳首を引っ掻《か》かれて、暦は思わず仰け反った。尊の巧みな愛戯《あいぎ》に腰の震えが止まらない。股間のものは下着の中でそそり勃ち、張りつめて濡れていた。

「可愛いな」

「んんっ…」

褒《ほ》められたのだろう。声の響きでなんとなくわかる。だが恥ずかしくてたまらない。

「お前がこんなに感じてくれるのが俺だけだと知って、嬉しさで爆発《ばくはつ》しそうになる」

尊の舌先が暦の耳を辿《たど》る。快楽の波がぞくぞくと背筋を舐め上げた。

「俺の指と舌で一日中、可愛がってやりたい。お前がイくところをずっと見せてくれ」

「そ、んなっ……」

触ってもいいと言ったのは暦だが、今ここでそんなふうにされたら困ってしまう。いくら個室と言っても、ここは病院なわけで。

だが困惑《こんわく》した顔をして見せると、尊は悪戯《いたずら》っぽく笑った。

「ここではしない。二人だけになれるところで、お前を番にする時にしてやる」

「……番に」

「なってくれるんだろう？　今更《いまさら》、嫌だとは言わせないぞ」

「もう、言いません」

さんざん迷って悩んだことだが、暦の心はもう決まっていた。運命だというのなら、そこに飛び込んでみたい。こんなに最上の男が側にいてくれるというのなら、他にはもう何も望みはなかった。

「俺を尊様の、番にしてください……」

涙《なみだ》ながらにそう訴《うった》えると、口を塞がれて熱烈《ねつれつ》に舌を吸われた。その言葉ごと、舌の上で転がして味わうように。

「んっ、ん」

たいしたことはしていないというのに、暦はもうイってしまいそうだった。腰に不規則な震えが走り始めると、尊の手が衣服の隙間《すきま》から足の間へと忍《しの》び込んでくる。

「あ…っ」

「今日は少しだけ、っていう約束だからな。出していいぞ」

「あっ、尊、様……っ」

肉茎を握《にぎ》られて扱かれる。優しく巧みな指戯《しぎ》に抗《あらが》えず、暦はその瞬間に尊に強くしがみついた。腰骨《こしぼね》が痺れる。

「あ、あっ、あっ、あぁぁ…っ」

尊の手の中に、どくどくと自身の白蜜が出ていった。吐精の間中、尊の衣服を握りしめて、その胸に顔を埋《うず》めている暦を、彼はしっかりと抱きしめていてくれた。

「暦、こよみ…、好きだ」

初めて告げられたその言葉を、暦は全身で噛みしめる。

「尊様…、俺も、すき、です…っ」

濡れた睫に口づけられた。絶頂の余韻《よいん》で、じんじんと身体が脈打《みゃくう》つ中、暦は心の底から誰かを愛していると実感するのだった。それは今まで感じたことのない幸福だった。

入院生活は何事もなく過ぎた。もちろん、最初に負った怪我《けが》以外は、暦の身体には何も異常はなかった。退院の時には尊が迎えに来てくれた。平日だったので驚いてしまう。

「わざわざ尊様が来てくださらなくとも、よかったのに」

「俺が自分で来たかったんだ。他の奴にまかせられるか。お前はもう俺の番だからな」

廊下を行き交う患者やナース達が、ちらちらとこちらを盗《ぬす》み見て行った。こんなところに彼のような華やかな男がいては目の毒《どく》なのではないだろうか。

お世話になりました、と挨拶《あいさつ》して病棟《びょうとう》を後にする。病院の外に出ると、抜けるような青空が広がっていた。

「このまま東京に向かうぞ」

車に乗り込みながら尊が言う。

「では適当な駅で下ろしていただければ、一人で鎌倉に帰りますので」

次に彼と会うのは何日後だろうか。名残惜《なごりお》しくはあったが、わきまえなくてはならないと思った。だがそんな暦に、尊は呆れたような視線を向ける。

「何を言ってるんだ？　それは冗談か？」

「え？」

「お前は俺と一緒に東京に戻るに決まっているだろう」

「……いいんですか」

「もう愛人じゃないんだぞ」

暦は、孝造に拾われた時からずっと愛人の立場だった。だから急にそう言われても、すぐには実感がわかずにきょとんとしてしまう。

「これは改めて言うつもりだったんだが」

そんな暦に、彼はため息をつきながらエンジンをかけた。

「俺はお前と結婚《けっこん》する」

「……」

車内が一瞬無言になった。

「なんとか言ったらどうだ、おい」

「…あ、すみません」

一瞬、思考が止まっていたようだった。暦は今言われたことを頭の中で反芻《はんすう》し、やがてその意味を理解して派手に動揺する。

「え、結婚、ですか？　その」

「面白いな、お前」

ずれた暦の反応に尊は笑い出した。

「お前、まさか俺が暦以外の奴と結婚するとでも思ってたのか？　番になるのに？」

「多分、そう……思ってました」

彼と自分の気持ちは受け入れたけれども、蓮朱家としては、ちゃんとした花嫁《はなよめ》が必要なのではないだろうか。

「ごめんなさい。愛人根性《こんじょう》が染みついてますね」

「そんなふうに言うな。それは親父が悪い」

尊の言葉に思わず苦笑する。

「で、どうなんだ。受けてくれるのか。俺のプロポーズ」

尊のハンドルを握る手に、ぐっと力が込められたのを見た。まさか暦の返事を待って緊張《きんちょう》しているのだろうか。尊ともあろう男が。

「……俺に務まるでしょうか」

「花嫁の役目は、俺に愛されることだ。それ以外はどうでもいい」

尊があまりに簡単に言い切るものだから、それならば、なんとかなりそうだとも思えてくる。

「それなら、喜んで」

自分の口から、こんな素直な言葉が出てくるなんて意外だった。

彼の側にいたい。自分を必要としてくれるなら。

これ以外の感情や迷いなど、きっと今はもういらないのだ。
発進する車のシートに背を預《あず》けながら暦はそう思った。

暦は東京の尊のタワーマンションに、そのまま住み着く形になってしまった。鎌倉の古い日本家屋とは、まったく違う尊のペントハウス。まるで空の上に住んでいるような部屋は、朱雀としての姿を取り戻した尊にふさわしい場所なのだろう。

暦はこの彼の部屋で新婚めいた生活を送っている。尊は孝造から引き継いだ事業を経営するために毎日スーツを着て出かけていくが、そう夜遅くなるということはないようだ。時々は外せない会食や会議などがあるようだが基本的には七時には帰ってくる。

「社長がいつまでも残ってると、他の奴らが帰りにくいだろう。俺は基本的には定時に上がると決めている」

他の経営者がどうなのか知らないが、尊の言うことは一理あるような気がした。それに彼の側には獣人、人間問わず優秀なアルファが多くいるようで、仕事は彼らにまかせられるらしい。

暦も鎌倉にいる時のように、ただ引きこもって彼を待つということはせずに、マンションの周りを積極的に開拓《かいたく》していた。

この日は、尊がリモートワークの日で、家で夕食を作るという。

「一緒に買い物に行くか」

「はい」

日々の生活を彼と共に送れる。それは愛人だった頃には考えられなかったことで、暦はそんなことが幸せだと感じた。

「尊様も食事の買い物とかされるんですね」

「一人暮らしだしな。外食も続くと飽《あ》きるし、時々はするさ」

そう言って連れてこられたのは、いわゆる高級スーパーだった。品物は素晴らしいが価格もそれにふさわしい。だが、尊は値段も見ずに欲しい食材を次々とカゴに放り込んでいく。

「何作るんですか？」

「ハンバーグ」

意外と庶民的《しょみんてき》なメニューだった。

「最初はミートローフにしようかと思ったんだが」

「オーブンで焼くか、フライパンで焼くかの違いですよね」

「まあ、米に合うのはハンバーグだな」

それについては異論がない。尊は和風ハンバーグにしようと、おろしにする大根も買っていた。

「もしかしたら、お前よりも俺のほうが料理してるかもな」

「そうかもしれません……。鎌倉では何か手伝おうとすると、逆に迷惑がられたので」

「迷惑ってことはないだろうが、親父がやらせようとはしなかったんだろう」

「尊様もご迷惑ですか？　それとも俺が家の中のことをやったほうがいいのでしょうか」

結婚の話が出ているなら、そういうことも確認しないとならないだろう。尊は少し上を向き、うーん、と思案する。

「暦の好きにしたらいいと思うが」

予想外の答えだった。

「俺は暦と番うからには、奥の間に仕舞い込むよりも、こうやって一緒に買い物をしたり、メシを作ったりしたい。でもそれは俺の希望であって、お前が何かやりたいことがあるなら、できるだけ添うつもりだが」

尊の言葉には驚きを禁じ得なかった。最初の頃の支配的な態度からはずいぶんと印象が違う。

「まあ、でも俺と番にならないうちは、できれば一人で出歩いたりするな」

「わかっています」

オメガのフェロモンはアルファと正式に番うことによって、番のアルファ以外には作用しなくなる。むやみやたらとフェロモンを振りまき、アルファを刺激する危険性はなくなるというわけだ。

「俺は今まで、あの奥の座敷で待っているだけでした。それが俺の役割だと思っていたし、他に何かしたいっていう希望も特になくて。……あ、勉強することは好きでしたけど」

「それなら鎌倉にいる必要はない。勉強ならどこだってできる。大学に通ってみるのもいい」

「大学か……」

自分には縁のない世界だと思っていた。

暦は社会生活というものの体験が薄い。山奥の施設だったり、鎌倉の奥座敷でひっそりと世間から隠れるようにして生きてきた。

「少しずつでいいので、『外』の世界に出てみたいです」

「そうか」

尊は何も否定しなかった。彼はこんなに度量の広い男だったのか。

（こんな人が俺の番になるなんて）

——そういえば、彼はいつ『噛んで』くれるのだろう。

これからの生活の話をしても、それはやはり暦が尊の番にならないうちは難しいことだ。尊がそう言ったのだ。

暦にはやはりまだ『自分なんか』という意識がある。理屈ではわかっていても感情として、どうしても残ってしまう。そういうものだ。

だから暦からは聞けない。少なくとも素面《しらふ》では。

あんなに番になれと迫《せま》ってきたくせに、いざとなると、なかなか噛もうとしてくれない尊に少しだけ焦《じ》れながら、暦は彼の隣を歩くのだった。

に尋ねてきた。

「お前、次のヒートはいつだ？」

「えっ」

食事も終わりに差しかかった頃、二人で作ったハンバーグの味に満足していると、尊がふいに尋ねてきた。

「あっ…と、再来週ですが」

年に四回訪れるオメガの発情期《はつじょうき》。おおむね七日間の、その期間にはオメガはほぼ本能のみの獣《けもの》になる。セックスのことしか考えられなくなるために、薬なしでは社会生活を営むことは難しく、番のいるオメガは、相手のアルファと寝室にこもってひたすら行為に耽《ふけ》る。それを『巣ごもり』と呼んでいた。

「今までどうしていた」

「旦那様からよく効く薬をいただいていたので、それを飲んで」

番のいないオメガは発情を抑《おさ》える薬を服用し、その期間をやり過ごす。それでも完全に発情がなくなるわけではない。疼《うず》く身体を持て余し、自分自身で慰《なぐさ》めるのだ。

「ヒート中のお前に薬だけ渡して放っといていたのか」

「旦那様も忙しかったですし、いちいち来ていただくわけには」

眉を顰《ひそ》めた尊に慌てて告げると、彼はため息をついて首を振った。

「まあ結局、俺はそれでほっとしているんだがな」

「……尊様」

「わかった。次のヒートは鎌倉の屋敷に行こう。そこでヒートを過ごそう」

「尊様が来てくださるんですか？」

「当たり前だろう。番になるんだから」

その言葉に暦はどきりとした。

「その時に、暦を俺の番にする。いいな？」

「――――は、い……」

ここのところ、尊は暦に対して命令口調が減っていたが、この時ばかりは断定的な物言いをした。だが、決して嫌な言い方ではない。彼の断固とした意思が伝わってくるようだった。

「あ…、でも、一週間ずっと、ですか？」

「一週間ずっとだ」

尊は暦の言葉をそのまま繰り返す。

「お仕事は大丈夫なんですか？」

「おいおい、うちの企業には『ヒート休暇《きゅうか》』なるものがあるんだが？」

優秀なアルファが数多くいる蓮朱の企業だが、それぞれの番のヒート期間を把握《はあく》し、それを見越した上で予定を立てているという。

「こんなこと別にうちの会社だけじゃない。番のいるアルファなら誰でもやっていることだ」

「そ、そうなんですか……」

奥座敷にこもっていたせいか、すっかり世間知らずになっていた。

「周りじゃ社長の俺だけが、それを使っていなかった。だが、今度から大手を振って休暇を取れるってわけだ」

尊はどこか嬉しそうで、そんな彼を見ていると暦も嬉しくなる。

そしていよいよなのだ、という思いに、二週間後のヒートが待ち遠しくもあり、そして少しだけ怖くもあった。

車から降り立った暦は、古い屋敷を見上げる。

およそ、ひと月ぶりの鎌倉だった。尊の運転する車から坂道を見下ろした時に見えた町並《まちな》みも、ずいぶん久しく訪れていないような気がする。

暦達が到着すると、中から家の者が出てきて迎えてくれた。

「おかえりなさいませ」

「留守をご苦労だったな。準備は出来ているか？」

「はい。しっかり整えてございますよ」

彼女は玄関先に入ると、大きな旅行鞄《かばん》を携《たずさ》えて出てくる。

「それでは、どうぞよろしくお願いいたします」

「ああ。戻る時に連絡する」

その時ちょうど一台のタクシーが敷地内に入ってくる。車寄せに停まったそれに家の者が乗り込んだ。タクシーの中からこちらへ会釈《えしゃく》する彼女に、尊が片手を挙げて見送る。

唖然《あぜん》としている暦に向かって、尊が小さく笑った。

「一週間分の食材とか用意させて、休みを取ってもらった。これからここには俺たち二人だけだ」

「えっ……」

彼には驚かされてばかりだった。この広い屋敷に、尊と本当に二人だけになるのだ。

荷物を持って玄関に入る。屋敷の中はしん、とした静寂《せいじゃく》に包まれていた。

足は当然のように奥座敷に向かう。暦の部屋の襖《ふすま》を開けた時、そこに二組の布団が敷かれているのが目に入った。その光景に明確な意図を感じてしまって、思わず顔が熱くなる。

「さてと」

尊が背後から暦の肩を抱いた。

「どうだ？　身体のほうは」

暦は今日は朝から薬を飲んでいない。そろそろ発情期の、あの耐《た》えがたい疼きが襲ってくるはずだ。肌のほうはじわじわ熱くなってきている。発熱した時特有の皮膚《ひふ》がさわさわする感覚はもう訪れていた。

「……そろそろ、だと思います」

吐き出す息が熱い。頭の芯《しん》がくらくらしてきた。状況を整えられたことでスイッチが入ってしまったのかもしれない。

「そうか」

尊は暦の顎《あご》を捕らえ、上げさせた。

「これからしばらく二人きりだ。仲良くやろうぜ」

熱い弾力《だんりょく》のある唇が重なってきた。すると腰の奥から覚えのある熱い感覚がカアッとこみ上げてくる。

「んんっ」

喉《のど》の奥から最初の甘い声を上げた。尊の腕で強く腰を抱かれ、二人は布団の上に雪崩《なだ》れ込んでいった。


頭の中が、ぐちゃぐちゃにかき乱される。薬なしで迎えるヒートに、暦は乱れに乱れさせられた。

丁寧な前戯《ぜんぎ》を施《ほどこ》そうとしてくる尊に、暦は咽《むせ》び泣くようにして、もう挿《い》れてくれとねだる。今は一瞬でも早く彼を受け入れたかった。

「じゃあ、自分で挿れてみるか?」

促され、彼の腰を跨《また》ぐ。暦の腰の下には凶暴に勃起した男根がそびえ立っていた。それは暦を犯し、屈服《くっぷく》させ、イかせるものだ。

「あ、ん…っ、んん、ぅ……っ」

その偉容《いよう》を目にしただけで暦の内奥がうねり、喘《あえ》いでしまう。はやくはやくと肉体が急かすのをどうにか宥《なだ》めながら、暦は震える手でそれに触れ、双丘の入り口に導いた。肉環の入り口に押し当てると、肌が、ざわっと総毛立つ。

「支えてるから、好きなように喰《く》っていいぞ」

「ああ…っ、たける、さまぁっ……」

我慢《がまん》できずに腰を落とす。ぬぐ、と入り口がこじ開けられ、太いものが侵入《しんにゅう》して来る。ぞくぞくっ、と腰が痺《しび》れて力が抜けてしまい、暦は自重で一気に尊のものに貫《つらぬ》かれた。

「あああぁあ――……っ！」

快楽が脳天まで突き抜ける。尊の上で大きく仰け反った暦は、その衝撃で達してしまった。脚の間の張りつめたものから白蜜が噴き上がる。

「んんっ、あっあっ、イくっ、イくっ」

「ああ、よしよし。気持ちよかったのか？」

大きな掌《てのひら》で頬や頭を撫でられた。その感覚にも暦はびくびくと反応する。

「き、きもち、い…ぃ、ひう、う…っ」

挿入されているだけで感じてしまう。尊のものは暦の中で、どくどくと脈打ち、肉洞をめいっぱい拡げていた。

「もっとよくなろうな。できるだろう？」

尊の手が暦の双丘を優しく揉《も》みしだく。動けと言われているのだ。暦は彼の肩の脇《わき》に両手をつき、そこを起点にして腰を上げた。ずりゅ…っ、と内壁が擦《こす》られる。

「んんん、あっ、あっ……！」

尊の怒張で中を刺激され、媚肉がひくひくと蠢《うごめ》き絡みついた。じゅわじゅわと込み上げる快感が下腹の奥までくる。そこが甘く痺れて、どうにかなりそうだった。暦は恍惚《こうこつ》となり、肉体の望むままに彼を締め上げ、その大きさを味わう。

「ああ、あう…うう…っ」

細い腰が上下する。その度にぬち、ぬちと卑猥《ひわい》な音が繋ぎ目から響いた。ふいに尊の両手が暦の双丘を強く揉みしだいてきて、肉洞が尊の男根に強く刺激される。

「ふああっ、あああぁっ」

身体が燃え上がりそうだった。内部の弱い場所を容赦なく擦られて、暦は髪を振り乱して喘ぐ。

「そ、それ、だめ、う、あっ、だめぇえ…っ」

暦はまた背中を大きく反らせて軽くイった。内壁が激しく収縮する。あまりに感じすぎて動きが鈍くなる。

「……どうした。動いてくれよ」

「ま、待って…っ、あっ」

「暦が動けないなら、俺が突いてもいいか？」

「や、駄目…だからっ」

そんなことをされたら、きっとおかしくなってしまう。涙目で首を振る暦に、尊は口の端を引き上げて小さく笑うと、腰を鷲《わし》づかんで強く突き上げてきた。どちゅん！という音と共に、強烈な快感が身体の中心を貫く。

「ああ――……っ！」

暦はそのひと突きで深い絶頂に見舞われた。身体中がびりびりと痺れ、口の端《はし》から唾液《だえき》が零れる。頭の中が白く濁《にご》った。それなのに、尊は容赦なく下からの突き上げを止めない。

「あぁ…っ、熔《と》けるっ、なか、とけるぅ…っ」

「俺も、熔けそうだよ」

上擦《うわず》ったような尊の声。彼が自分で感じてくれているのだと思うと嬉しかった。すると尊の両手が双丘から暦の胸元を撫で上げ、硬く尖《とが》った乳首を転がす。

「ひ、あ、あっ！　そ、そこ、はっ…！」

「暦は乳首好きだろう？」

違う、とは言えなかった。暦はこれまで何度も胸の突起でイかされている。挿れられながら乳首を転がされると、胸の先からの快感が身体の中まで広がっていった。

（気持ちいい……っ）

一方的に突かれるだけだった腰があやしくうねり始める。尊の動きに合わせて揺れ始めた腰に、彼は不敵な笑みを浮かべた。

「暦…、中、出すぞ」

「は、いっ、出してくださ…っ、いっぱい…っ」

尊のものが自分の中で膨《ふく》れ上がるのがわかる。その感覚に暦は火を噴きそうなほどに興奮《こうふん》した。きゅうきゅうと身体が望むままに締めつける。

「んううっ、あっ！　あああぁあっ」

「くっ、――――っ！」

どくん、と体内で熱が跳ね、どくどくと精を注がれた。

「あう、んんんっ！　あっ、あ――っ、～～～っ」

まるでどこかに放り投げられてしまいそうな極み。喉からあられもない声を漏らした後、暦はすべての力を失って、尊の上に倒れ込んだ。

「はっ、は……っ」

荒い呼吸を繰り返している時、ぴたりと彼の胸につけた耳から激しい鼓動《こどう》が聞こえてくる。

それが嬉しくて、広い胸に頬を擦りつけた。

「おい…」

「あっんぁっ」

ふいに身体を持ち上げられ、体内のものを引き抜かれた。切ない喪失感《そうしつかん》に眉を寄せる。

「そんなに寂しそうな顔をするな。まだ始まったばかりだろう？　嫌というほど挿れてやるから」

「あ……っ」

それを想像して腰の奥が、きゅううっと引き絞《しぼ》られた。そうだ。まだヒートは始まったばかりなのに、はしたなすぎる自分の振る舞いに呆れてしまう。

「今たっぷり喰わせてやったんだ。俺にもお前を味わわせろ」

そう言うと彼は暦の両脚を摑み、左右に大きく開いた。

「や……っ！」

尊の白濁が溢《あふ》れている後孔と、濡れてそそり勃つ肉茎が彼の目に露《あら》わになる。羞恥のあまり焦《こ》げついてしまいそうだった。

「すごい眺めだな」

「み、見ないで、くださ…っ」

尊の視線を感じて後孔が勝手にひくひくと蠢く。

覆《おお》い被《かぶ》さってきた尊の舌先が、赤く膨らんだ乳首を優しく転がした。

「あ、ああ、んっ…！」

感じやすい乳首を舌でねぶられ、時に乳暈を舌先でくすぐられる。もう片方も指先で何度もカリカリと引っ掻《か》くように刺激されてはたまらなかった。

「あ、あっ、あう、あ、んぁっ、そ、それ…っ」

「暦の好きな乳首を、うんと可愛がってやる」

「は、あ、あっ！　そんなにっ…、した、ら……っ」

イってしまう。尊が丁寧に愛撫してきたそれは、すぐに膨らんで硬くなり、ほんの少しの刺激だけで、どうしようもなく感じてしまう。もうそこだけで簡単に達してしまえるのだ。

「あああっ…！」

尊が乳首を軽く噛む。その途端に、びくんっと背中が震え、腰が浮いた。

「ん、は…ぁあっ、いっ…くう…っ！」

喉を仰け反らせて暦は極める。触れられていない肉茎から愛液がとろとろと零れた。

「……まだビンビンになってるな」

イったばかりの突起をぺろりと舐められて、びくんっと腰が跳ねる。指先でくりくりと揉まれると、腰の奥がもの凄《すご》く切なくなった。

「あ、あぁ……っ、んうう…っ」

尊は音を立てて暦の身体に口づけていく。次第に下がっていくそれに、暦は嘆《なげ》くように眉を寄せた。内腿《うちもも》に手がかけられ、秘部が開かれる。

「……っんあぁあ…っ」

腰骨にびりびりと電流が走ったようだった。暦の股間で濡れながらそそり勃っているものを口に咥《くわ》えられ、高い声が上がる。

「ああっ、ああっ」

鋭敏《えいびん》なものを濡れた舌で舐められ、しゃぶられて、両脚が、がくがくとわなないた。頭の中がかき乱されるような快感に翻弄《ほんろう》される。腰が動くのを止められなかった。

「こら、おとなしくしていろ」

「んんぁあっ……!」

尊は悶《もだ》える暦を易々《やすやす》と押さえつけて口淫で責め立ててくる。張りつめた屹立にねっとりと舌を絡ませられると下半身が蕩《とろ》けそうだった。つま先から甘い毒のような痺れに侵《おか》される。

「は、んあ、ああんん……っ」

「気持ちいいか?」

特に弱い裏筋《うらすじ》を根元から何度も舐め上げられると、気が遠くなりそうなほどに、いい。

「ああ、んんっ、い、いい、きもち、い…っ、も、そこ、だめ…っ」

「気持ちいいなら、もっとしてやろうな」

「ひ、あ、ああああ…っ」

じゅう、と音を立てて吸われる。一際、強烈な快感に背中が仰け反った。目の前がちかちかする。脚の付け根にまで指を這わされて愛撫され、身体中が、ぞくぞくと震えた。

暦の声に応えるように、彼の舌先で先端の小さな蜜口を嬲《なぶ》られた。その瞬間、思考が真っ白になる。

まで挿れてかき回して欲しい。また、まだ始まったばかりだと笑われてしまうだろうか。

達する毎に理性が剝《は》がれ落ちていった。濃厚《のうこう》な愛撫にまた尊自身が欲しくなってしまう。奥

「あぁっ、イくっ、またイくっ」

「あぁぁああ」

腰を跳ねさせながら、暦は尊の口の中に白蜜を弾けさせた。身体の芯が引き抜かれるような感覚。それだけでも我慢できないのに、尊は先ほど自分が蹂躙《じゅうりん》した暦の後孔に指を挿入してきた。絶頂の上に、また新たな快楽を重ねられる。

「ひ、ぁああっ！　そん、な…っ！」

尊がその長い指を動かす度、彼の精で満たされた肉洞が卑猥な音を立てる。特に弱い場所をくすぐるように擦られると、どうしていいかわからないほどに乱れた。

「あ、あ――…っ、い、いじめないで、もうっ」

「虐《いじ》めて欲しくないのか？」

そう言って彼が指を引き抜こうとすると、暦は嫌々とかぶりを振る。

「い、いやだ、ああ…っ」

本当は虐めて欲しい。暦が泣いても喚《わめ》いても許さずに、優しく嬲り抜いて欲しいのに。

けれど尊は、ちゃんとわかっているらしかった。裏筋から先端にかけてゆっくりと舌を絡ませながら、肉洞をいやらしく捏《こ》ねていく。

「うあぁ…っ、あっあっ、んあぁああ」

暦の下肢からまた絶頂感が込み上げてきた。甘い責め苦にも似た愛撫を延々と受けながら快楽の淵《ふち》へと堕《お》ちていく。


あれからどれだけ経《た》ったのだろう。暦は全身に尊の指と舌を這わせられ、快感に啜《すす》り泣いていた。

「は、あ……っ、ああっあっ」

シーツに伏《ふ》せさせられ、背中に口づけられる。びくん、びくんと身体が小さく跳ねた。

「身体中がピンク色だ。可愛いよ、暦」

「た、尊、様、ああ……っ」

双丘の狭間《はざま》を彼の怒張がゆるゆると擦っていた。血管が浮き出て岩のように硬くなっているそれは、すぐにでも暦を喰らいたい状態だろうに、尊はまだそれを挿入しようとしない。

「ど、どうし…てっ」

犯して欲しいと全身で、そしてフェロモンで訴えていることはわかっているだろうに、何故《なぜ》彼は自分の欲望を抑えてまで暦の快楽に奉仕するのか。

「お前が悦《よろこ》んでいるところを見るのは嬉しいし、お前が俺を欲しがっているところを見るのは最高の喜びだ」

だが、と尊は告げた後、自身の先端を暦の後孔に宛《あて》がう。入ってくる予感に全身に鳥肌が立った。

「――――そろそろ俺も限界だ。お前を俺のものにする」

「……っああっあっ！　ふあああっ」

ずぷう…っという音と共に、尊の凶器が侵入してきた。さんざん煮蕩《にとろ》かされていた暦に、それが耐えられるはずもなく、彼の挿入と共に絶頂に達していく。

「ひぃ…っ、あああぁぁあ…っ！」

暦の肉体は貪欲に、数え切れないほどの極みを味わう。体内を犯していく尊のものが、内壁を振り切って進んでいくのがたまらなかった。

「…っすごい、な。痙攣《けいれん》してる…っ」

「んあ、ア、わ、わからな…っ」

自分の中がどうなっているのかなんて知らない。ただ入ってきた彼のものを身体が勝手に締めつけてしまうのだ。そして尊は、絡みついてくる内壁を振り切るように、自身の男根を暦の最奥まで挿れてきた。

「うぁぁああ…っ」

そこに、尊の先端が当たっている。それだけで、ひくひくと身体が小さく跳ねた。

「ここだな…。当たってるの、わかるか?」

暦は声も出せずに何度も頷いた。

「そこ…っ、すご、い…っ」

「今からもっとすごくなるぞ」

尊は腰を引いた。抜けそうになるぎりぎりまで動いて、暦が「あっ」と声を漏らした時、また奥まで突き入れてくる。先端が最奥の壁《かべ》に、どちゅん! とぶち当たった。

「あ―――…っ」

暦の上体がめいっぱい反り返る。荒波《あらなみ》のような絶頂感に呑み込まれて、内部の尊をきつくきつく締め上げげた。

「く…っ」

だが彼も負けじと律動《りつどう》を開始する。これまでの暦を優先する行為は何だったのかと思うほどに、尊は好き放題に暦を喰らい、犯した。

「ひ、い、ああっ、あっ!」

息も止まるほどの快楽の衝撃が次々とやってくる。暦は早々に泣きが入ってしまった。もとより快感には弱い身体だ。

「ま、待っ…て、あっ、そんなに…っ、そこ、は…っ！」

「今は駄目だ、すまん」

切れ切れの哀願《あいがん》も一言のもとに却下《きゃっか》されてしまう。そんなに余裕がなくなるなら、あんなにもったいぶらなければよかったのにと、暦は少し恨《うら》めしく思った。

でもいい。好きなようにこの身体を嬲って欲しい。

「く、ふう、んんぁあ…っ」

暦は次第に恍惚となり、尊の突き上げにも甘い声を漏らしていった。身体の中も、外も、気持ちがよくて死にそうだった。

その時、尊の舌がふいに暦の首筋を舐め上げる。

「あ」

身構える間もなかった。彼の歯が首筋に噛みつき、皮膚にぎりぎりと食い込んでくる。

「――――っ！」

苦痛などどこにも見当たらなかった。いやこの快楽がそうなのかもしれない。アルファに番の印《しるし》を刻《きざ》みつけられる行為は、まるで細胞が書き換えられるような感覚だった。

尊が暦の内奥に熱い精をぶちまける。お前を俺のものにするという仕上げのように。

暦は快楽の悲鳴を上げながら、彼の番になれた悦びに全身を打ち震わせるのだった。

「痛むのか？　これは」

「そうでもないです。少しひりひりするくらいで」

互いに果てた後、泥《どろ》のような眠りから覚めた後だった。身体を洗って戻ってきた暦の浴衣から見えるそれを、尊は少し眉を顰めて眺める。暦も浴室の鏡《かがみ》で確認してみたが、尊の歯形にそって、わずかに血が滲《にじ》むそれは見た目ほど痛くはない。

「消えないぞ、それは」

「はい」

この程度の傷ならば、時間が経てば跡形《あとかた》もなく消え去ってしまう。だが番の印は一生消えない。たとえ尊が番を解消したとしても、新しいアルファに上書きでもされない限りそのままだ。

「これは俺の覚悟の証《あかし》ですから」

それを決めるまでずいぶんかかった。自分は彼にふさわしくないなどと言い訳をしていたが、本当は少しだけ怖かったのかもしれない。

「他のオメガも、みんなこんなふうに覚悟していたんですね」

そう言って小さく笑うと、尊に抱きしめられる。

「一人で覚悟決めたふうに言うな」

「尊様」

「俺たちはもう番なんだろう。俺だってその心づもりだ」

「……はい」

不思議だった。彼と触れ合うと、きっと同じ気持ちなのだということが伝わってくる。これが番になるということなのだろうか。

「それから、その尊様というのはどうなんだ」

「……？」

「もう愛人じゃないし、俺たちの間に上下関係は存在しない」

「……そう言われても…」

尊は暦よりも年上だし、いきなり同等の態度をとれと言われても困る。暦が困惑しているのを見た尊は、ため息をついて言った。

「仕方ない。とりあえず様呼びはなしだ」

「……尊、さん…？」

「そんなところだな」

とは言っても、自分が尊大《そんだい》な態度なのは変わらない尊だった。暦はそこがおかしくて思わず笑い出す。

「何がおかしいんだ」

「なんでも……ないです」

くすくすと笑う暦に尊もつられるように笑みを浮かべる。ただし彼のそれはずいぶん意地の悪いものだった。ぎくりとする暦を、彼は布団に押し倒してくる。

「休憩は終わりだ」

「んんっ…」

深く口づけられて暦は喘いだ。侵入してきた舌に、ためらいがちに自分のそれを絡め、いつしか夢中になって吸い合う。

「暦…、結婚しよう」

「ええ…？」

何度目かの求婚に、暦は幸せそうに笑った。

「さっき番になったばかりですよ」

「じゃあ花嫁にもなってくれ。いいだろう？」

まるで甘えられているようだ。もちろん、暦に異論はないのだが。

「俺に尊さんを幸せにできるでしょうか」

「それなら心配ない。もうなっている」

お前はどうだ？　と彼の瞳が聞いてくる。

「もちろん幸せです…。怖いくらいに」

大切にされている。気遣ってくれている。それを実感する度に身が震えるほどの幸せを感じている。

「……っ」

そんなことを思っているうちに、また熱が込み上げてきた。そして尊はそれを見逃さない。重たげな下半身のものを押しつけられて、途端に腹の奥が切なくなった。

「また、奥をたっぷり突いてやろうか？」

「ん……っ」

その時の快感を思い出してしまい、腰が震える。

「ならその前に、楽しいことをしようか」

尊は起き上がり、暦の上半身を引き起こす。彼は暦の耳元で何かを囁いた。その内容に思わず身体が硬直するが、暦は従順に動いた。

「は……っ」

尊の顔を跨《また》ぐようにして上に乗る。暦の顔の下には彼の下半身があった。尊が暦の浴衣の裾を無遠慮《ぶえんりょ》にめくり上げて、下着を履《は》いていないそこを露わにする。身体が羞恥に強《こわ》ばった。

「俺は勝手に始めるぞ」

尊の手が双丘を開き、その狭間を舐め上げる。

「んあ…っ」

恥ずかしい。けれど気持ちがいい。ふたつのふくらみのあたりから後孔まで舌を這わせられ、暦の内腿がふるふると震えてくる。

「は、はあ、ああ……っ」

自分もやらなければ。すでに隆起《りゅうき》している浴衣の布をどけると、目の前に凶悪なものが聳《そび》え立った。

(こんなものが俺の中に)

だが恐ろしげなそれを見ていると、段々と腹の奥が甘く痺れてくる。下肢から来る刺激も相まって、暦は思い切ってその先端を口に含んだ。口の中でそれが、どくん、と脈打つ。

(生き物みたいだ)

暦は口に頬張れるだけそれを頬張った。だがもちろんすべては無理だ。後ろでなら、これを根元まで呑み込めるのに。

「んん……っ」

仕方なく暦は咥えられるところだけで頭を上下させた。溢れている唾液が彼のものに滴《したた》って、卑猥な眺めになる。根元の部分は手で握って扱いた。

「ん、んう、んんん……っ」

暦の下半身にも意地悪い愛撫が与えられている。尊の舌がそこを舐め回す度に後孔がひくひくと収縮した。尊は肉環を指で押し開き、珊瑚色《さんごいろ》の内壁にそっと舌先を這わせる。

「んう、あぁぁあ」

快感に腰が痙攣《けいれん》する。けれど、がっちりと抱え込まれていて逃げることができない。

「だ、だめ、それ…っ」

「サボりは厳禁《げんきん》だぞ」

窘《たしな》められ、暦は涙目になって彼のものを咥える。必死で舌を使おうとするも、尊に邪魔されて何もさせてもらえなかった。肉環の中に唾液を押し込むようにされると肉洞が甘く痺れる。前のものは指に握られ、先端を重点的に虐められていた。蜜口をくすぐられると思わず顔を上げて仰け反ってしまう。

「あ、ひ、～～～～っ」

暦はたちまち絶頂寸前《すんぜん》まで追いつめられた。手の中の尊のものを強く握りしめる。

「おい、痛いぞ」

「あ、ご、ごめんなさ…っ、んんんっ」

どうにかしようとするものの、次々と押し寄せる快楽の波に翻弄されてしまう。というか、彼は絶対にわざとやっているのだ。

「……仕方ないな」

尊は肉茎を握って根元から扱き上げる。強烈な快感に暦の上体が、がくりと伏せた。

「あっ、あああぁぁあ…っ」

尊の手の中に白蜜を弾けさせ、暦は達してしまった。火照《ほて》った内腿に痙攣が走る。

「あ、あ、あ……」

心地よい痺れ。甘い気怠《けだる》さに力が抜けていく。尊が上体を起こして暦の身体の下から抜け出した。身体を反転させられて仰向けになる。

「大丈夫か？」

頬を指で突かれて、暦はゆっくりと目を開けた。尊は困ったような、どこかばつの悪いような笑みを向けている。

「お前には少し難しかったな」

「……最初から何もさせる気なかったでしょう」

「そんなことはないぞ。一生懸命《いっしょうけんめい》なところがよかった。だが、まあ、思い切り握りしめられたのには、ちょっと背筋がひやりとしたが」

そう言われて暦はイく時に、彼のものを力一杯《ちからいっぱい》握っていたことを思い出した。

「ごめんなさい……」

「大丈夫だ。あれくらいで使い物にならなくなるような柔《やわ》なつくりはしていない」

確かにそれは、暦が一番わかっていた。そもそも獣人は人間よりも頑強《がんきょう》に出来ている。

「試してみるか？」

尊はにやりと笑った。暦の両脚が持ち上げられ、今の今まで、舌で蹂躙《じゅうりん》されていた場所に強靱《きょうじん》なものの先端が押し当てられる。

尊が少し腰を進めると肉環は容易《たやす》くこじ開けられた。

「あ、あう、う…っ」

そこからじわじわと快感が広がってくる。尊は容赦なく、けれど丁寧に暦の身体を拓《ひら》いていった。

「あああっ…！」

「……っ、全部入ったぞ」

最奥に彼の先端が当たっている。それだけで身体が細かく震えた。暦が両腕を伸ばすと、すぐに抱きしめてくれる。幸せで泣きたくなった。

「…くち、じゃ全部入らなかった……」

「ん？」

尊はすぐに、さっきの相互奉仕《そうごほうし》のことだと思い当たったらしい。悪戯《いたずら》っぽく笑って、暦のこめかみに唇を押し当ててきた。

「そうだな。でも俺はこっちのほうが気持ちいいぞ」

「あ、あ」

軽く揺すられて思わず声が上がってしまう。そのままぬぷ、ぬぷと出し入れされて、快感が下腹の奥から全身に広がっていった。

「は、あ、ああぅ…っ、んぁっ、い、いい…っ」

腰骨が蕩ける。腹の中は、きゅうきゅうと引き絞《しぼ》られて、ずっと痙攣していた。

「気持ちいいのか、暦…っ」

「ん、う、うん、すごく、気持ちい…っ、あ、あっ、そこぉっ…!」

尊に張り出した部分で弱い場所をごりごりと抉《えぐ》られる。そうされると頭の中が真っ白に染め上げられ、かき回されてしまうようだった。

「たけるさ…、たける、さん」

舌足らずな響きで彼の名を呼ぶ。尊は「暦」、と答えて、深く口づけてきた。

「んんう…っ」

舌根が痛いほどに吸い合う。中に挿入されながら口も犯《おか》されると、抗《あらが》うこともできずに支配されているようで、ひどく興奮してしまうのだ。

「暦、好きだ、俺のだ」

そんなふうに何度も訴えられて、体内のものをきつく締めつけてしまう。

ずっとこうしていたかった。ずっと繋がっていたい。

「す、き…っ、俺も、俺も好き、です……っ」

「こよみっ」

ぎゅう、と苦しいほどに抱き竦《すく》められ、抽送がもっと深く、強くなっていった。暦は何度か達し、その度に下肢を打ち震わせて悶《もだ》える。多幸感《たこうかん》で死んでしまいそうだった。

やがて尊も腰をわななかせ、短く呻《うめ》いて暦の中にしたたかに放つ。その感覚に引きずられて、一際大きな絶頂に達した。身体がバラバラになって、どこかに落ちていく。思わず腕を伸ばすと、また強く抱きしめられて安心する。

もう大丈夫。彼がいてくれるから。

ヒート期間もそろそろ終わりを迎えていた。そうなると現金なもので、途端に空腹を覚える。

暦は洗いざらしの浴衣を着て、奥の間の台所で大量のおにぎりを握っていた。隣では尊が卵焼きとウィンナーを焼いていた。味噌汁《みそしる》もできあがったので部屋に持って行く。窓を開け放つと新鮮《しんせん》な風が入ってきて、淀《よど》んだ空気を押し出してくれた。

「さすがに腹が減った」

「俺もです」

ヒート期間中のオメガは、発情にともなって食欲も減退《げんたい》する。その間アルファも付き合うことが多いが、大抵はオメガが眠っている時に何かを口に入れていることが多い。体力のあるアルファといえど、番のオメガを満足させるためにはエネルギー補給が大事だ。尊がどうしていたのかはわからないが、それほど消耗《しょうもう》しているようには見えないので、どうにかしたのだろう。

彼は獣人なので、人間のアルファとはまた違うかもしれないが。

「このおにぎり、塩が効いてて、うまいな」

「そうですか？　よかったです」

しゃれた料理もいいが、やはりこういう時は基本的なものが一番うまいなと尊は言った。暦もそう思う。大きな口でおにぎりにかぶりつく尊を、暦は微笑《ほほえ》ましく見守った。

尊が取得した七日間の休暇も終わるので、この後は東京に戻る予定だ。

「尊さん」

「ん？」

「今までで、一番幸せなヒートでした。ありがとうございます」

尊は、ぽかんとした顔で暦を見る。

暦にとってヒートというものは、これまでただ耐え忍《しの》ぶものでしかなかった。身の内を焼く快楽も痺れも強制的に訪れるものであって、望んだものではない。発情はただ屈辱的《くつじょくてき》なものだった。

だが尊に抱いてもらうことによって、それは生きて愛される実感に変わる。

「…何を言っている」

大きな温かい手が頬に触れた。

「これから何度だってあるんだ。番になったんだからな。その度に幸せを更新《こうしん》してやる」

「……尊さん」

尊の胸に抱き込まれた。幸せの更新なんて、簡単にできるんだ。

彼の胸の中で暦はそう思った。

東京に帰るために七日ぶりに外に出て、暦は思い切り伸びをした。深く吸い込んだ空気が、身体の中を洗《あら》ってくれるようだった。

「尊さん、これから東京に住むんですか？」

「ん？　ああ…、そうだな」

屋敷を管理してくれる者にメールを打っていた尊は、暦の言葉に顔を上げる。

「ここもいいところだけどな。東京まで車で一時間くらいで来れるが、やっぱり生活するにはあっちのほうが何かと便利だろう。親父みたいに隠居《いんきょ》しているわけじゃないし」

「それはそうですね」

暦は尊の答えに頷いた。

「ここに住んでいたほうがいいか？」

尊の問いに、ほんの少し考えてから首を振る。

「俺は尊さんと一緒なら何処《どこ》だっていいんです」

「……俺もそう言おうと思っていたんだがな」

苦笑する尊に、暦は微笑んだ。

「それなら東京のほうがいいでしょう。尊さんはお仕事もあるし」

「違いない。——じゃあ帰るか」

「はい」

車のドアを開けて乗り込む。すぐにエンジンをかけるかと思っていた尊が、ダッシュボードから何かを取り出した。

「暦」

「はい」

「受け取ってくれるか」

彼は小さな箱を差し出し、その蓋《ふた》を開けた。中には細いリングが入っている。プラチナだろうか。

「これを、俺にくださるんですか？」

「他の誰かがいると思うのなら、答えによっちゃ容赦しないぞ。もう一度、屋敷に閉じ込めて抱き潰《つぶ》してやる」

暦は肩を竦めて「ごめんなさい」と言った。さすがにもう一週間は身体が保《も》たない気がする。

「サイズは合うと思うんだが」

尊はリングを取ると暦の左手の薬指にそれを嵌《は》めた。リングは暦の指で、きらきらときらめいている。暦は左手をかざしてリングを眺めた。

「すごく綺麗《きれい》です」

「気に入ったか」

「なんだかもったいないような気がして……。でも嬉しいです。ありがとうございます」

尊がこれを用意しているところを想像すると、とても温かくなる。正式に番として扱ってくれることに胸が熱くなった。未《いま》だに信じられないような気もする。

「受け取ったな」

尊はどこか得意げな顔をしていた。

「そいつは返品不可だ。お前はもう一生俺のものになる」

ちなみに、と彼は続けた。

「俺も一生お前の男だ」

「……尊さんが？　俺の？」

「当たり前だろう。番とはそういうものだ。立場も種族も関係ない」

尊さんが、俺の。

「……優しくするよう努力する。だからずっと俺の側にいてくれないか」

突然そんなことを言われてびっくりして尊を見た。彼はどこか思い詰めたような、緊張しているような空気を漂《ただよ》わせている。尊大な物言いをしても、暦の反応が気になるのだろうか。

そう思うと彼が愛おしくて、暦のほうからその唇にキスをした。瞠目する彼に微笑む。

「尊さんはずっと俺に優しいですよ」

彼はしばし暦を見つめていた。

「あなたは獣人の王だし、俺なんかが、独り占《ひとりじ》めしていい人なのかも正直まだわかりません。でも、今みたいに時々だったら、俺だけのあなたでいて欲しいです」

尊は一瞬だけ泣きそうに顔を歪《ゆが》めると、暦の頭をくしゃりとかき混ぜた。

「――俺はいつでもお前だけのものだ。いい加減わかれ」


エンジンがかかって車が出る瞬間、暦は屋敷のほうを見た。

ここは暦の運命が変わったところ。孝造に拾われて尊と出会うことが出来た、はじまりの場所だった。

でもここはもう、暦の居場所ではなくなる。古い思い出はすべてここに置いていこう。また来ることがあっても、それはもう暦のものではない。

――ありがとうございました。

誰にということもなく、暦は胸の中でそう呟《つぶや》いた。

高台にある霊園《れいえん》は時々強い風が吹く。敷地の一際広い一角にある墓《はか》の前で、供《そな》えられた花束《はなたば》が揺れている。墓石《ぼせき》の横には孝造の名が新しく刻まれていた。

「いいところですね」

「朱雀だからな。高い場所が好きなのかもしれん」

山の中腹に造られた霊園は、眼下に町と、その向こうに海が見えた。その景色はどこか彼のタワーマンションから見える眺望《ちょうぼう》と似ている。

そこは蓮朱家の墓だった。もっとも墓が造られたのは獣人が人間と共存し始めてからのことらしい。

「俺も根っこの考えが獣人だからな。こんな墓にどんな意味があるのかは、よくわからんが」

「……でも、思い出を祈《いの》る場所があるのは、悪いことではないですよ」

「そうだな」

だが、ここにいる孝造に、暦が何かを語りかけることはない。それはもうあの屋敷に置いてきてしまった。ここでするべきことは、ただ静かな眠りを祈ることだけだ。

「いつか」

尊は言った。

「いつか、ここに俺とお前が入る時、この景色を一緒に眺めることになるんだな」

それを聞き、暦は小さく笑う。

「死んでも一緒だなんて嬉しいです。でも」

「ああ、わかっている」

尊は暦の言葉を制した。

「今はそんなことは考える必要がない。何故なら俺とお前は今生きている。そんなことは、死んでる奴らのすることだ」

暦は尊の言葉に微笑んだ。

「行こう。結婚の報告は済んだ。親父も安心しているだろう」

「はい」

暦は尊と共に霊園の歩道を行き、駐車場に戻った。

「明日は式の打ち合わせだ。朝早いぞ。起きられるか」

「起きるのは大丈夫ですけど……」

「気が重いのは式なんだろ。仕事だと思ってがんばれ」

蓮朱家の当主と結婚するというのであれば、籍《せき》だけ入れて終わりというわけにはいかない。

大勢の招待客を招いての結婚式を執《と》り行わなければならなかった。そうなると暦は一気に注目されるわけで、それがどうにも腰が引ける。日陰《ひかげ》の身で生きてきたのに、突然スポットライトを当てられたようだ。

それでも必要だというのなら、気合いを入れて臨《のぞ》まなければならないだろう。なんたって生きているのだから。

「よし――、がんばります」

「あまり、がんばりすぎるなよ」

「もう――どっちなんですか！」

車内に笑い声が響く。

麓《ふもと》の町の海が、太陽にきらきらと光って、こちらの山の緑まで輝かせていた。

あとがき

こんにちは西野花《にしのはな》です。「獣王《じゅうおう》アルファと愛人《あいじん》オメガの蜜会巣《みっかいす》ごもり」を読んでくださり誠にありがとうございました。

今回のお話は以前出していただいた「二匹《にひき》の野獣《やじゅう》とオメガの花嫁《はなよめ》」と同じ世界線となっております。よろしければそちらも併せてどうぞ。（亡くなった攻めのお母さんは狐の獣人なので、「二匹の野獣〜」の受けとは親戚筋かもしれません）

この話は攻めが獣人の王ということで、なにか特別な獣にしたいなと思い、最初は龍か…？とも考えていたんですが、さすがに獣人で龍というのはちょっと無理くさくね？　と思い、それならまあ、羽毛がモッフリしているから鳥類だけど朱雀かなあと至ったわけです。何か派手な感じするしね！

そして挿絵をお引き受けくださいました、伊藤《いとう》モネ先生、どうもありがとうございました。今からとっても楽しみです！

これを書いている時、季節は冬から春になろうとしている時ですが、東北はまだ寒い時もあります。流行病もまだありますので、皆様、免疫力を高めてお体大事に過ごしましょう。免疫力アップにはＢＬがいいと思います！

それではまた！

西野花　X・@hana_nishino

Lovers Label

獣王アルファと愛人オメガの蜜会巣ごもり

ラヴァーズ文庫をお買い上げいただきありがとうございます。
この作品を読んでのご意見・ご感想をお聞かせください。
あて先は下記の通りです。

〒102－0075
東京都千代田区三番町8-1
三番町東急ビル6F
(株)竹書房　ラヴァーズ文庫編集部
西野 花先生係
伊藤モネ先生係

2024年5月7日
初版第1刷発行

●著　者
西野 花 ©HANA NISHINO
●イラスト
伊藤モネ ©MONET ITO

●発行　株式会社　竹書房
〒102－0075
東京都千代田区三番町8-1 三番町東急ビル6F
代表 email： info@takeshobo.co.jp
編集部 email： lovers-b@takeshobo.co.jp
●ホームページ
https://bl.takeshobo.co.jp/

●印刷所　中央精版印刷株式会社